光文社文庫

文庫書下ろし／傑作時代小説

迷いの果て

新・木戸番影始末㈦

喜安幸夫

光　文　社

この作品は光文社文庫のために書下ろされました。

目次

江戸市中略図
日光御成街道
中山道
駒込
日暮里
小塚原
隅田川
寺島村
日本堤
新吉原
長命寺
竹屋之渡し
小梅村
雑司ヶ谷
護国寺
白山
大塚
御薬園
小石川
根岸
寛永寺
東叡山
猿若町
浅草寺
東本願寺
吾妻橋
源森川
業平橋
雷門
竹町之渡し
本郷
不忍池
下谷広小路
傳通院
新堀川
浅草駒形堂
江戸川
高田馬場
早稲田村
牛弁天
御徒町
御蔵前通り
北割下水
神田明神
大川
石原町
牛込
神田川
外神田
向柳原
御米蔵
本所
神楽坂
牛込
水道橋
湯島
昌平橋
浅草橋
御竹蔵
表猿楽町
両国橋
南割下水
番町
田安御門
雉子橋御門
一橋御門
筋違橋
内神田
柳原土手
両国広小路
回向院
二ツ目之橋
三ツ目之橋
亀戸村
神田橋御門
米沢町
薬研堀
一ツ目之橋
竪川
市谷
小伝馬町
大伝馬町
横川
御材木蔵
四谷
四谷
常盤橋御門
新大橋
小名木川
忍町
麹町
半蔵御門
千代田城
北町奉行所
蒔屋町
左門町
西之御丸
日本橋
江戸橋
日本橋川
万年橋
仙台堀
深川
南町奉行所
数寄屋町
組屋敷
八丁堀
永代橋
平河町
楓川
霊岸島
富岡八幡宮
千日坂
元赤坂町
赤坂御門
外桜田御門
虎之御門
新シ橋
京橋
八丁堀
千駄ヶ谷
永田町
幸橋
木挽町
石川島
木場
越中島
洲崎
三十間堀
溜池
愛宕下
土橋
芝口橋
汐留橋
西本願寺
佃島
氷川明神
新下谷町
青山原宿町
東海道
濱御殿
神谷町
増上寺
六本木
飯倉片町
中之橋
赤羽橋
金杉川
渋谷村
麻布村
善福寺
一ノ橋
二ノ橋
将監橋
金杉橋
芝
三田町
江戸湊
下渋谷村
麻布広尾町
古川町
三ノ橋
上目黒村
天現寺
渋谷広尾町
古川
四ノ橋
薩州蔵屋敷
麻布
泉岳寺
泉岳寺門前町
袖ケ浦
北
西
東
南
下目黒村
目黒川
白金
御殿山
次頁拡大図
大崎村
品川北
桐ヶ谷
品川南

泉岳寺周辺略図
古川町
古川
永松町
豊岡町
功運寺
通新町
横新町
芝田町
薩州蔵屋敷
元札辻
東海道
黒鍬組屋敷
魚籃坂
三田八幡神社
三田北代地町
魚籃観音
大円寺
三田台町
伊皿子台町
伊皿子坂
細川越中守屋敷
大御番組
車町横町
下高輪台町
高札
代地樹木谷
縄手道
長應寺
車町
高輪大木戸
三田南代地
泉岳寺
(赤穂四十七士の墓)
泉岳寺門前町
如来寺
木戸番小屋
大仏
太子堂・庚申堂
高輪北町
二本榎町
高輪北横町
袖ケ浦
高野寺
高輪中町
東禅寺
高輪南町
白金猿町
高山稲荷
御用地
品川台町
松平大和守屋敷
品川歩行新宿一丁目
御台場
品川歩行新宿二丁目
猟師町
善福寺
御殿山
品川北本宿
大崎村
北
東
南
西
目黒川
北馬場町
品川橋
品川南本宿

奇妙な家族

一

「木戸番さん、ちょいとおじゃまを」

言いながら木戸番小屋の腰高障子《こしだかしょうじ》のすき間に顔をのぞかせたのは、

「おぉう、これは坂上《さかうえ》の指物師《さしものし》の……」

「はい。女房の勝《かつ》です」

と、泉岳寺門前町《せんがくじもんぜんちょう》の坂上の裏手に一家を構える指物師彦市《ひこいち》の女房お勝だった。

お勝とはこれまでおもてで幾度か挨拶《あいさつ》を交わしているが、親しく話したことはない。亭主の彦市は出職《でじょく》のとき、普請場《ふしんば》への行き帰りに木戸番小屋へ声をかけ、すり切れ畳に座り込んでいくことがあった。

その女房のお勝が木戸番小屋に来るのは、これが初めてだ。それも前を通りかかったついでにというのではなく、杢之助《もくのすけ》に用があってわざわざ坂上から出向いて来た風情《ふぜい》だった。

天保《てんぽう》九年（一八三八）も秋の気配を強く感じる葉月《はづき》（八月）に入った一日《いちにち》、まだ朝のうちといえる時分だった。

杢之助はすり切れ畳を手で示し、

「きょうも早《はよ》うから親方がせがれさんをつれて仕事に行きなすったが、市助《いちすけ》どんといったなあ。もう一人前《ひとりめえ》じゃねえか」

「いいえぇ。あれはまだまだ」

お勝は言いながらすり切れ畳に腰を落とし、あぐらを組む杢之助のほうへ上体をねじった。明らかに、

（話したいことがあって来た）

そういう仕草だ。

亭主の彦市は四十がらみの職人気質《かたぎ》の男だ。せがれの市助は十五で、

「――こいつには八歳のときから鑿《のみ》と木槌《きづち》を持たせやしてねえ」

と、彦市が言ったのへ市助は、

「――指物《さしもの》にゃ凝《こ》った細工が必要で、あっしなんざまだまだ」

と、絵に描いたような職人一家の父子《おやこ》だ。

女房のお勝は三十代なかばで、
——心配性なほど、家族の面倒見がいい人
と、杢之助は町内のうわさで聞いている。
仕事に送り出した二人に持たせた弁当に、
「——用意していたおかずを一品入れるのを忘れていましてねえ」
と、午前《ひるまえ》にわざわざ仕事の現場まで届けに行ったのを見た。その帰りに杢之助は
お勝を呼びとめ、木戸番小屋の前でちょいと立ち話をしたことがある。お勝は言っ
たものだった。
「——食べるものはちゃんと食べて、午《ひる》からもいい仕事をしてもらわにゃ、お仕事
さきに悪いからねえ」
それをかたわらで聞いていた、向かいの茶店日向亭《ひゅうがてい》のあるじ翔右衛門《しょうえもん》も言って
いた。
「——まったく、お勝さんらしい。これなら彦市どんもせがれの市助も、仕事に精
が出るだろうなあ」
「——あたしも将来、あんなおかみさんに」
おもてに出て一緒に聞いていた日向亭の女中のお千佳《ちか》が言ったのへ、

「──そういえばお千佳ちゃん、十五歳だったわねえ。どなたか探してみようかしら」

「──あら、いやですよう。あたし、そんなつもりで言ったんじゃありません」

お勝が返し、お千佳は顔を赤くしていた。

「──お千佳にはそのうち、なあ」

翔右衛門も言い、お千佳はますますはにかんだようすになった。

李之助はこのときもまた、

(──この町のこのようす、大事にしなきゃならねえ)

思ったものだった。

そのお勝が李之助に、なにやら用事がある。

「けさもご亭主とせがれさん、見かけやしたよ。えっ、また弁当の……?」

「ふふふ、そういつも忘れたりしませんよう」

お勝は笑いながら言うとすぐ真顔《まがお》になり、

「その亭主のことなんですけどね……」

と、言いにくそうに、李之助の皺《しわ》を刻《きざ》み込んだ顔をうかがうように見た。

「彦市どんがどうかしなすったかい。問題があるようには見えやせんかったが」

実際、そうだった。杢之助のいる泉岳寺門前町の木戸番小屋には、町内の夫婦げんかや近所との揉め事などがよく持ち込まれる。そのたびに杢之助は、大きな事件にならないようにと原因を究明し、仲裁に奔走《ほんそう》する。多くは元のさやに収まる。だからなおさら、そうした身内や近隣との問題が木戸番小屋に持ち込まれるのだが、この指物師の一家は、そのような家庭内の問題を抱《かか》えているようにはとうてい見えない。

「ここだけの話で、どうぞご内聞《ないぶん》にお願いしたいのです」

と、お勝は真剣な表情で声を落とした。

（ん？）

深刻な内容か、杢之助はつぎの言葉を待つようにお勝を凝視した。

お勝は腰をすこし浮かし、手を伸ばして開け放したままだった腰高障子を閉めようとした。

「ああ、そのままにしておきねえ。冬でもねえのに障子戸を閉めたんじゃ、道行く人がけえって心配《しんぺえ》すらあ」

町役《ちょうやく》が来たときでも、冬場はともかく障子戸を閉め切ったりしない。閉めておれば、町の者は何事かと心配する。開け放しておいても、大きな声で話さなければ、外に聞こえたりはしない。

「は、はい」

お勝は座りなおすように腰を元に戻し、杢之助を見つめさらに声を落とした。

「うちの亭主が、おかしいのです」

「えっ、彦市どんが？　どうかしなすったかい。さっきも言いやしたように、なにも変わったようには見えなんだが」

「余所《よそ》さまには、なにも分からないのです。内々《うちうち》のことでして」

お勝は言うと、外をうかがうように開け放された腰高障子から視線をながし、あらためて杢之助に向きなおり、

「夜中に起きては部屋の中をうろうろ歩き、どうしたのかと声をかけると、返事も見向きもしないのですよ。まるで人の話が聞こえていないかのように」

「寝ぼけてるんじゃねえのかい。疲れているとかでよ」

「疲れてなんかいませんよ。ふとんのほうへ押し戻そうとすると、すごい力ではね返すのです。寝ぼけてたんじゃ、あんな力は出ません」

「それで、なにを」

「家具を移動し始めるのです。もちろん大きな箪笥《たんす》など持ち上げられませんが、衝《つい》

立《たて》や小さな物入れなどを、右に左に……」

「家から外に出ることなどは」

杢之助は以前、深く寝ぼけた者が夜中に起き出し、家人《かじん》が話しかけても口もきかず、さらに外まで出て近辺を徘徊《はいかい》し、帰って来ると何事もなかったようにふとんに入り朝までぐっすり寝て、起きたときにはなにも覚えていないといった症状を起こす者がいて、

「——ほとんど病気で、家族の者は他人に危害を加えないか、ただ見守る以外にないらしい」

といった話を聞いたことがある。

「——そんな病《やまい》があるのか」

と、杢之助は半信半疑だったが、いまお勝から実際に聞き、しかもあの実直な、「彦市どんが……？」

と、捨て置けなくなった。場合によっては町役たちに相談し、医者に診《み》せなければならないかも知れない。

「詳《くわ》しく聞きやしょうかい」

杢之助も声を低め、あぐら居《い》のまま上体を前にせり出した。

お勝は、

「よかったあ。やはり木戸番さん、笑って聞きながすだけじゃなく、うわさどおりちゃんと相談に乗ってくださる」

と、ホッとしたのか全身の力を抜いたように言う。

「そんな大げさに。ほかに相談はしやしたかい」

「いえ。コトがコトだけに、単に寝ぼけているだけだろうって一笑に付されるのじゃないかと思いましてね、近所の人や町役さんたちにも相談できず、ずいぶん悩んだんですよう。寝ぼけてあちこち歩きまわるなど、他人《ひと》に言えたもんじゃありませんから」

「分かりまさあ、お勝さん。儂《わし》ゃあ若いころから飛脚《ひきゃく》であちこちの街道を走り、いろんな土地の話を聞いておりやす。驚くほど酷《ひど》い、じゃねえ、深《ふけ》え寝ぼけがあって、当人はなにも覚えておらず、ほとんど病気だが医者に診せようもねえって話、聞いたことがありまさあ」

「それです、それ。ほんと、番小屋《ここ》へ相談に来てようござんした」

お勝はあらためて杢之助を見つめた。

「これこれ、お勝さん。勘違いしてもらっちゃ困るぜ。儂ゃあ、そういった話を聞いたことがあるだけで、治《なお》し方《かた》までは聞いちゃいねえ。まして医者から聞いたわけでもねえ」

「もう、それでいいんですよう。ただ、まじめに聞いてくれる人さえいりゃあ」

杢之助が笑わずに聞いたことが、お勝には相当うれしかったのか、

「で、木戸番さんが聞きなさった話ってのは、どんな具合に？」

「どんな具合って、いまおめえさんが言ったような症状で……。そうそう、その深え寝ぼけのときにゃ、てめえの意識ってえもんがねえのだから、他人に危害を加えねえか、自分の身を傷つけねえか、ただ見守る以外《いげえ》にねえってよ。まったく厄介《やっかい》な病らしいぜ」

「それ、それなんですよ。木戸番さん」

やはり、心当たりがあるようだ。お勝はさらに上体を前にかたむけ、言葉をつづけた。

「このあいだなんか、深夜におもての坂道をここまで下りて来て、街道のあたりをふらふら。暗いもんだからつい見失ってしまい、找《さが》すのにひと苦労でした」

「そりゃあ危《あぶ》ねえ。街道からすこし外れりゃあ、もう海だ。浜のほうにゃ出ていなかったかい」

「ええ、それを心配しまして。さいわい街道をうろうろしただけで、石につまずいて転びそうになって声を上げたので、それで居どころが分かったのです」

「危なかったなあ。砂浜まで出てしまえば、もう足音もしねえ。こんどまたそんなことがありゃあ、番小屋《ここ》の障子戸を叩きねえ。深夜でも雨戸は閉めねえから、音がして近所に迷惑をかけることもねえ」

「はい。実はきょう、それをお願いに来たのです」

「おお、そうかい。遠慮するこたあねえ。普段から気をつけておこうじゃねえか。で、そんなことがよくあるのかい」

「夜中に起きるのはしょっちゅうですが、ときおり家のまわりを徘徊し、坂をここまで下りて来たのは、このまえが初めてでした」

「ときおりだって、たまたまだって、危ねえものは危ねえ。一歩でも踏みはずしゃあ、そこはもう海だからなあ」

「それがあたしも心配で。このまえなど、ほんのわずかですが闇《やみ》に見失いましたからねえ」

「まあ、さっきも言うたように、こんど坂を下りて来たときにゃあ、遠慮しねえでここへ駈け込んでくんねえ」

「はい。そうさせてもらいます」

お勝は言いながら腰を上げ、

「そのときはよろしゅうに」

と、幾度も腰を折り、敷居をまたごうとした足をとめ、

「あのう、このこと、当面はご内聞に。うちの人にも」

「ああ、もちろん分かってまさあ」

お勝は言い、杢之助は返した。

お勝は杢之助が話を真剣に聞いてくれたせいか、ホッとした表情で敷居を外にまたぎ、ふり返って腰高障子を閉めようとしたのへ、

「ああ、そのままにしておいてくんねえ」

「はい」

また辞儀《じぎ》をし、坂の上に戻った。

すり切れ畳の上で杢之助はその背を見送り、口の中でつぶやいた。

「お勝さん、大変な問題、背負い込んでしまいやしたねえ。それにしても、あの彦市どんが」

まだ半信半疑である。

(お勝さん、心配性のようだから。思い込みが過ぎているだけであって欲しいもんだが)

と、杢之助は真剣に思った。

杢之助は若いころ、江戸でも京でも、その病のことを、

「――寝ぼけの酷いやつらしい。その病気、いつ治《なお》るか逆に酷くなるかまったく分からない。治療法なんてないらしい。人によっちゃ気の病にされちまうのだから、そんなのを親族から一人出すと、家族は大困《おおこま》りだ」

と、聞いている。

そのとき、

(――世の中、いろんな病気があるもんだなあ)

と思ったものだが、その病例が身近に出たとなると、

(どうすればいい)

考え込まざるを得ない。夫婦げんかや親子げんかはおろか、盗賊絡《がら》みで殺しをともなうかも知れない闇の騒ぎの解決より、杢之助にとってはやっかいなものかも知れない。解決方法は、

――凝《じ》っと見守るしかない

——目を離せば、どんな事件や事故に発展するか分からない
そう聞いているのだ。

開け放した腰高障子のあいだから、

「木戸番さん、さっきは珍しいお客さんでしたねえ」

と、元気な声が入ってきた。向かいの茶店日向亭のお千佳だ。小脇に盆を抱えている。いつも外に出した縁台を見ているので、町役でもあるあるじの翔右衛門に言われ、木戸番小屋の番をすることもある。ちょいと小太りの明るい娘だ。

坂上のお勝が来ていたことを訊《き》かれ、ハッとしたが、

「おぉう、お千佳坊。なんでもねえ。亭主の彦市どんはよく顔を見せるが、そういやあ女房のお勝さんが番小屋《ここ》へ来なさるのは初めてだったなあ。ちょいと通りがかったついでに立ち寄ってくれただけさ」

〝ご内聞に〟と言われているのだ。言われなくても解決への道が見いだせるまでは、口外《こうがい》してはならない。

「あら、そうですか。すごく丁寧にお辞儀なんかして。そういうお人だったのかしら。親切なお人ですからねえ」

と、お千佳は来たときから見ていたようだ。普段なら重宝《ちょうほう》なのだが、こんな場

合はちょいと困る。このあとすぐ、

「あ、いらっしゃいませ」

と、お千佳は小脇に盆を抱えたまま、向かいの縁台に戻った。おりよく泉岳寺への参詣人《さんけいにん》か、町場のおかみさん風の数人連れが縁台に座った。しばし茶をすりながら、縁台は世間話でにぎわうことだろう。

二

その日の夜、夜まわりは特に気を配った。

火の用心の夜まわりは、朝晩の木戸の開け閉めとともに、木戸番人にとって大事な仕事である。宵《よい》の五ツ（およそ午後八時）と夜四ツ（およそ午後十時）の二回だ。

町名の墨書された提灯《ちょうちん》を手に、

「火のーよーじん、さっしゃりましょーっ」

口上《こうじょう》を述べ、

――チョーン
拍子木を打つ。

一回目のときは、まだ町内にちらほらと灯《あか》りのある家もあるが、二回目のとき灯りといえば、木戸番人の持つ提灯のみとなる。

指物師の彦市は、坂上で泉岳寺の山門《さんもん》前に暖簾《のれん》を張る門竹庵《もんちくあん》の裏手へいくらか入ったところに、玄関を構えている。

門前通りはそば屋や旅籠《はたご》、筆屋、仏具屋、竹細工屋、紙屋などのならぶ町場になっているが、枝道に入れば静かで質素な家々の軒端《のきば》がつづく。彦市の住まいは屋号もなければ看板も出していない。ただ無地で地味な暖簾を出し、入ればそこが板敷の仕事場になっているので、前を通れば指物屋と分かる。

二回目の夜まわりだ。

黒く、輪郭《りんかく》しか識別できない泉岳寺の山門前で、

――チョーン
拍子木をひと打ちして門竹庵のほうへ提灯をかざし、裏手への脇道に入った。

一回目のときもそうだったが、彦市の家の近くでは、拍子木を打たず火の用心の口上も低く抑《おさ》え、暗闇《くらやみ》に人の気配をうかがうように歩を進めた。玄関口のほうから裏手まで、引き返すように二度まわった。気配はなかった。

（お勝さん、寝るにも仮眠で、小さな物音にも気をつけていなさろう）

思ったものだ。

二回目のいまも、暗い外に人の気配は感じなかったが、おなじことを思った。

さらに、

(きょう聞くまで、まったく知らなかったぜ。お勝さん、一人で悩んでなさったのだなあ)

同情し、

(これからは儂《わし》も一緒に、大きな事故や事件にならねえよう、気をつけさせてもらいやすぜ)

胸中に念じた。

火盗改《かとうあらため》が出張《でば》って来るような事件が起きれば、一帯は門前町で自身番《じしんばん》はなく、杢之助の木戸番小屋が詰所《つめしょ》になり、杢之助が役人たちの案内人になる。

——町方《まちかた》にも火盗改にも、どんな目利きがいるか知れたものじゃねえ

常に杢之助は胸中で、自分自身に言い聞かせている。

坂道を下りながら、また拍子木を打つ。

心は重かった。

彦市の極端な寝ぼけの症状が、このさき収まるのかもっと酷くなるのか、いつ治

るのか、医者に診せても分からないだろう。

（女房どのは大変《てえへん》だろうが、木戸番人の儂も気が気じゃねえぜ）

火の用心の、口上の合い間に思えてくる。

町内を一巡し、木戸番小屋の前まで戻って来ると、街道に出て泉岳寺門前町の通りに向かってこの日最後の拍子木を打ち、深く頭《こうべ》をたれ胸中に念じる。

（儂のような元盗賊を町内に住まわせてもらい、これ以上ありがてえことはござんせん）

町役をはじめ、住人たちへの感謝の念だ。もちろん〝元盗賊〟など、杢之助が世間に詫《わ》びながらも絶対に隠しておかねばならないことだ。

町への感謝の念を胸中に、木戸を閉める。

街道から、門前町の通りは遮断される。

これで杢之助の、木戸番人としてのきょうの仕事は終わる。

だが、寝ぼけの話を聞いてからは、一日の仕事に終わりはなくなった。

番小屋に入るまえ、暗闇に提灯をかざし人の気配を探《さぐ》る。

相手は自分を見失っている。場所も時刻も念頭にない。どこでいつどのように現れるか分からない。

気配はなかった。

(来ておらんようだな)

木戸番小屋に戻り、提灯の火を油皿に移し、すり切れ畳にゴロリと横になる。本来なら、これこそ杢之助の一日が終わった瞬間である。

しかし、いまはなおも思われてくる。

(お勝さん、これまで一人で悩んでいなすったのだなあ)

あくる朝、日の出まえに杢之助が開けた木戸を、

「いつも助かるぜ。ここは日の出めえに木戸が開くからなあ」

「それだけ多くの家々をまわれるからよう」

と、豆腐屋や納豆売りなど朝の棒手振《ぼてふり》たちが入り、ひとしきり門前通りの坂道に触売《ふれうり》の声をながす。このあと町内から朝の喧騒《けんそう》が過ぎたころ、こんどは町から他所《よそ》へ仕事に出る住人たちが、道具箱や風呂敷包みを肩や背に木戸番小屋の前を通って、街道を北に南にと散って行く。そのなかに指物《さしもの》の道具箱を肩にした市助がいた。大工《だいく》の道具箱と似ている。

「これは市助どん、きょうは一人かい。お父《とっ》つぁんの彦市どんはどうしたい」

「へえ、きょうは高輪《たかなわ》大木戸の近くで、仕上げの仕事でござんして。親父《おやじ》はあとから来まさあ」

李之助が声をかけたのへ、市助は道具箱を担《かつ》いだまま足をとめ、若い声で返した。親子はここ数日、高輪大木戸に近い普請場に出ていた。きょうがその最終日で市助がさきに仕事場に入り、親父が最後の点検に来るのだろう。理想的な親子の仕事ぶりだ。

彦市の家では、普段は注文のあった小物入れや文箱《ふばこ》、小間物《こまもの》簞笥などを自宅の仕事場で作っているのだが、新築の家で壁にはめ込みの簞笥や床《とこ》の間《ま》を組むときなどは直接普請場に出向き、大工と相談しながら仕事をする。ここのところ品川《しながわ》方面の普請現場に出向いての仕事がつづいているようだ。それらの仕事に彦市親子の評判がいいことは、李之助も聞いて知っている。

「おおう、行って来ねえ、行って来ねえ。しっかりな」

十代なかばの若い背を見送り、

（あの親子の家庭《うち》、うらやましいぜ）

李之助は心底《しんそこ》思った。

だからいっそう、お勝の言う彦市の症状が気になるのだ。

その彦市がせがれの市助とおなじように、道具箱を肩に門前町の坂道を下りて来たのは、小半刻《こはんとき》（およそ三十分）ほどを経てからだった。

「おっ、彦……」

と、すり切れ畳の上から声をかけるまでもなく、彦市のほうから木戸番小屋に近づき、

「木戸番さん、ちょいとじゃまさせてもらいやすぜ」

言いながら敷居をまたぎ、三和土《たたき》に立った。

きのうお勝が来たとき、話したいことがあるといったようすだったが、きょうの彦市もそれとおなじ雰囲気だ。時刻はきのうは彦市と市助がそろって仕事に出た朝のうちだったが、きょうの彦市もせがれの市助が仕事に出たあとの、まだ朝のうちといえる時分だった。

杢之助はきのうお勝が来たことは伏せ、

「おぉう、彦市どん。さっきせがれさんの市助どんが、現場であとから来る親父を待つんだと、木戸を出やしたぜ」

「その市助のことで、ちょいと相談がありやして」

言いながら肩の道具箱を脇に置き、すり切れ畳に腰を据えた。やはりきのうのお勝と同様、話し込んでいくようだ。きのうこの時分にお勝が来て、

『おめえさんの寝ぼけのことで……』

ついのどまで出かかったのを呑み込んだ。その彦市がきょう、息子のことで相談とは、

(いってえ何だろう?)

思いながら、

「市助どんがわけありなんぞにゃ見えねえが」

と、あぐら居のまま言い、彦市のつぎの言葉を待った。

彦市は、

「実はよう……」

と、言いにくいのか一度言葉を切り、身づくろいをするように腰を上げ深く座りなおし、

「せがれのやつが、どうもおかしいので。ここ二、三日のことでやして」

「おかしい？　ここ二、三日……??　どんなふうに」

杢之助は問い返した。

「市助め、ここんとこ、なにを思うているのか……、夜中に寝ぼけやがってよ」

「えぇっ」

思わず杢之助は声を上げた。きのうお勝が彦市のことで相談したのと似ているではないか。

杢之助は彦市の顔を見つめなおした。

彦市はそれを受けるように言う。

「信じてもらえねえかも知れねえが、ほんとうなんだ」

そのさきの言葉に杢之助は驚いた。夜中に不意に起き出し部屋の中をうろつき、家具を移動してみたり、外にまで出歩いたり……と、きのうお勝が彦市について話した内容と、まったくおなじだった。

彦市はつづけた。

外に出て、木戸番小屋の近くまで坂道を下りて来たこともあるそうな。

「そのさきは海辺だから心配でよう」

と、ますますお勝の話に似てきた。

「うーむむ」

杢之助はうなり、

「そりゃあ心配なことだ。儂も夜にゃ早めに木戸を閉め、あたりに人が出ていねえか、気をつけておこうじゃねえか」

「よろしく頼まあ」

彦市は道具箱を肩に担ぎ、

「そうそう、みょうに思われても困るのだが、あっしが木戸番小屋にこんなことを相談したなんざ、世間さまにも女房にも、まして当人の市助にも内緒にしておいてくんねえ」

きのうのお勝とおなじことを言う。

「ああ、コトがコトだからなあ」

杢之助が返すと彦市は無言でうなずき、

「きょうは普請場が最後の仕上げで、俺も市助も陽《ひ》の高《たけ》えうちに帰《けえ》ってくらあ」

言いながら敷居をまたぎ、街道に出ると高輪大木戸の近くだという普請場に向かった。

彦市がせがれの市助をさきに普請場へ出したのは、この話を木戸番小屋でするためだったようだ。

その背を見送りながら、

（いってえ、なにがどうなってんだ。あの家族は……？）

李之助の脳裡は混乱した。

三

彦市の背を見送るのか呼びとめようとしたのか、自分でも分からない。

李之助は下駄《げた》をつっかけ外に飛び出て街道に立った。高輪大木戸のほうへ数歩踏んだ。道具箱を担いだ彦市の背が見える。その先に高輪大木戸の石垣が見える。高輪大木戸は泉岳寺門前町の通りを街道に出て、北方向へ二丁（およそ二百米《メートル》）ほど進んだところにある。大木戸といっても現在《いま》は往来人が増えたことから、木戸は街道の両脇に往時《おうじ》の石垣が残るのみで往来勝手になっている。

「あらあ、木戸番さん。どなたかお見送りですか。それともお出迎え」

横合いから声をかけてきたのは、盆を小脇に抱えたお千佳だった。李之助が市助に声をかけたときも、彦市が木戸番小屋に腰を据えたときも、まだ店の中にいて見ていなかったようだ。

李之助はとっさに言った。

「おうおうお千佳坊、ちょうどよかった。ちょいと番小屋を見ていてくんねえ。なあに、すぐ戻ってくらあ」

とっさに口をついて出た。いま思いついたのだ。

他言無用とお勝からも彦市からも言われた。だが、家のようすを訊くだけなら、

(他言にはならねえ)

その場での判断だ。

きのうきょうのお勝と彦市の不可解な相談ごとは、

(家の事情か。ならば、どんな⁉)

解明の鍵《かぎ》は、そこから探る以外にない。

彦市の住まいは坂上の門竹庵の裏手だ。門竹庵細兵衛《さいべえ》は、門前町の町役総代《そうだい》である。そこで不意にお千佳への留守居の要請が、口をついて出たのだ。

「いいですよ。で、どちらまで」

「ああ、ちょいと坂上までな」

それだけでお千佳には通じる。坂下の日向亭翔右衛門も町役の一人だ。行く先を告げれば、用件を話さなければならなくなる。

なにが飛び出るか分からない。話はできるだけ小さく抑《おさ》えたい。

「ともかく頼まあ」

と、その場から杢之助は下駄の足を坂上に向けた。

門竹庵のあるじの細兵衛は店場にいた。壁掛けや台のほかに、板敷の上にも竹細工の品がならんでいる。特に自家製の扇子《せんす》は、薄く削った、しなりのよさもさりながら、泉岳寺の竹やぶの竹を伐《き》り出して素材としており、そこからも門竹庵の名は江戸府内《ふない》や品川一帯にまで広く知られている。赤穂《あこう》浪士の墓所《はかしょ》の裏手一帯が、寺の竹やぶになっている。

店場で話があるなら居間のほうへと勧《すす》められたが、大げさにならないようにと杢之助は板敷に置かれた竹細工を手ですこし脇へずらし、

「近くまで来たついでに、寄らせてもらいやしただけで」

言いながら腰を下ろし、

「いやあ。この裏手の彦市どん、近ごろ出職が多いのか、毎日朝早《はよ》うに親子そろうて木戸を出ていなさる。お勝さんもきのう番小屋《うちこ》へお来しやしたが、あの指物屋さん、そんなに評判がよろしいので？」

無理やり問いをつくった。

「なにをいまさら訊きなさる。そりゃあ彦市どんとこは指物の腕がいいだけじゃのうて、いいせがれにも恵まれ、うらやましいほどじゃ。みんな知っていますよ」

「ああ、あの市助どんでやすね。ほんにいい跡取りのようで」

話しているところへ、

「許せ」

と、供を連れた身分の高そうな武士が店頭に立った。泉岳寺参詣のついでに名高い門前の扇子を購《あがな》いに来たのだろう。門竹庵にはそうした客が多く、ときには公家《くげ》が泉岳寺土産《みやげ》にと直接品定めに来ることもある。だからあるじの細兵衛が直接店場に出ていることが多いのだ。

「すいやせん。近くまで来て、つい寄らせてもらっただけでやして」

杢之助は恐縮したように腰を上げ、武士の脇を身をかがめるようにすり抜け、外に出た。

数歩離れ、ふり返って深く辞儀をし、坂道を下った。

細兵衛と話したのはほんの一言二言《ひとことふたこと》だったが、それでじゅうぶんだった。彦市の一家がもし問題を抱えているなら、最初の一言で細兵衛は返答につっかえたであろう。ところがきわめて自然に〝そりゃあ彦市どんとこは……〟と、言葉がすべり出た。そこに一点の曇りも感じられなかった。武士の客が来たのはかえってさいわいだった。もし、あのまま話をつづけていたなら、無理やり問題があるように問いを入れ、訝《いぶか》られることになっていたかも知れない。

坂道を下りながら、

(そうかい。お勝さんも彦市どんも儂に口止めしたが、町役さんたちにゃまだなにも話していなかったかい)

思えてくる。

この事態に、いっそうの深刻さを感じる。

「おや、木戸番さん。どうしなすったい。わき目もふらず、仏頂面《ぶっちょうづら》をしなすって」

ちょうどおもてに出ていたそば屋の亭主が声をかけてきた。

「えっ、そうかい。なんでもねえ。そう、なんでもねえ」

杢之助は二度もおなじことを言い、そば屋の前を通り過ぎた。

「……？」

そば屋の亭主は首をかしげていた。

(いかん。お勝さんと彦市どんとの約束、他人《ひと》に覚《さと》られるような面《つら》になってしまってたかい)

気を引き締めながら坂道を下った。

「あらあ、木戸番さん、よかったあ」

向かいの縁台から、お千佳が声をかけてきた。

「よかったって、なにかあったかい」

「はい。お客さんで。木戸番さん、すぐ戻って来るって言いなさったから、中で待ってもらってます」

「えっ、儂にお客？　どなたでえ」

木戸番小屋の前だ。お千佳が応《こた》えるよりも早く、

「へい、あっしで。おじゃましておりやす」

腰高障子のあいだから、ながれ大工の仙蔵《せんぞう》が顔をのぞかせた。

「うっ」

瞬時、杢之助は戸惑いを覚えた。

仙蔵はながれ大工で芝高輪界隈《しばたかなわかいわい》をながしているが、その実は火付盗賊改方《ひつけとうぞくあらためがた》の密偵である。杢之助はそれを見抜いているが、問い詰めたりしない。知って気づかぬふりをしているのだ。

仙蔵とて鋭《するど》い男で、杢之助に気づかれていることに気づいているが、それを口

にはせず、あくまでながれの大工として木戸番小屋に、町のうわさ集めに来るのだ。

聞くためには、自分からも相手が興味を持ちそうなことを話すのが効果的であることを、二人とも心得ている。仙蔵も杢之助について元白雲一味《しらくもいちみ》の副将格といった、具体的なところまではつかんでいないが、

（いずれにせよ、並みの人じゃねえ）

と、踏んでいる。そこからさきに踏み入ろうとはしない。仙蔵にとって杢之助は、いま巷間《こうかん》にながれているうわさを知るのに、きわめて有用《ゆうよう》な木戸番人なのだ。杢之助にとっても、揉め事に手を染めたとき、裏のようすを知るのにながれの大工は、実に重宝なのだ。

（お互い、持ちつ持たれつさね）

杢之助が思えば、仙蔵もおなじことを感じている。杢之助にとってありがたいのは、仙蔵は三十がらみの働き盛りで、還暦《かんれき》に近い杢之助に長幼《ちょうよう》の礼をとってくれることだ。それも故意にではなく、そうした環境に育ったのか、仙蔵の身から自然と出ている、性格のようなものだった。

（おめえさん、いってえ何者なんでえ。出自《しゅつじ》は……）

ときおり仙蔵に思うときがある。

「えっ？　木戸番さん、あっしが来てなにか驚くことでもありなさるかい。みょうな顔をしなすって」

「ん、いや」

杢之助はまた戸惑いを覚えた。さきほどのそば屋の亭主といい、いまの仙蔵といい、杢之助をひと目見ただけで、なにやら深刻なものを抱えているように感じ取っている。

（いかん、こうも胸の内を見透《みす》かされたんじゃ）

反省すると同時に、

「で、こんな朝のうちから顔を見せるたあ、なにか訊きてえことでもあるのかい」

問いかけた。指物師一家の裏になにかながれているものがあるとするなら、それが分かるまで自分のせいで他からあらぬ詮索《せんさく》をされたくない。まして火盗改につながる仙蔵には……である。

腰高障子は開け放したままだが、お千佳はもう縁台のほうへ戻ったようだ。

仙蔵はすり切れ畳に腰を据えなおして言う。

「あはは。あっしが木戸番さんに一番訊きてえのは、この町のどこかに大工《でえく》の手を欲しがっている家はねえか、と」

「ははは、もっともだ。で、その次は……」

李之助は問い返した。

「へえ、その次は、ここんとこ、というより、きのうきょうの話で、江戸府内から逃げて来た盗っ人《ぬすと》が、この町のどこかに隠れちゃいねえかって。そんなうわさ、番小屋に入《へえ》っちゃいねえかどうか。その盗っ人たちゃあ二人か三人か、ま、そのくれえがつるんでいるらしいんで」

「盗っ人？　物騒な話じゃねえか。二人も三人もつるんでたんじゃ、そりゃあ危ねえ。どんな盗っ人か知らねえが、たとえコソ泥の類《たぐい》でも数人がつるんだ日にゃ、つい気が大きくなって殺しの道に走っちまうことだってあらあ。大事《おおごと》にいたるめえにお縄にするのが、当人たちのためにも世のためにもならあ」

「さすが年季を積みなすった木戸番さんで。盗っ人のことも、ようご存じで」

「こきやがれ。そんなこと、誰にだって分からあ。おめえだってそう思うから、わざわざ番小屋《ここ》へうわさ集めに来たんだろが」

「へえ、まあ」

「おあいにくさまだが、そんなうわさ、聞いちゃいねえなあ。したが、気になるぜ。どんな話か、聞いておこうかい」

「さすがは泉岳寺門前町の木戸番さんだ。さっそくその気になってくれやしたね。いえね、ここ一月《ひとつき》ばかり、この街道筋をそのまま江戸府内に入《へえ》った増上寺《ぞうじょうじ》門前の町々で空《あ》き巣《す》に居直《いなお》りの類が頻発《ひんぱつ》し、町方じゃけっこう人を入れて探索に走っていたらしい。泉岳寺《ここ》とは街道一筋でつながってる町場だ。そんなうわさも、ながれて来ちゃいねえですかい」

「空き巣に居直りかい。聞いちゃいねえなあ。府内から来なすったお人らが話題にしねえところをみると、そこに刃物三昧《ざんまい》はねえようだな。いまのところは」

「そのとおりで。したが、木戸番さんもお見立てのとおり、放《ほう》っておきゃあ凶賊になるかも知れねえ。それが増上寺門前の一円で頻発しているからと、奉行所だけじゃのうて、火盗改のお人らも関心を寄せているらしいんで」

「ほう。おめえさんがいつも出入りしているってえ捕物《とりもの》好きのお旗本が、そう言ってなすったかい」

「まあ、そんなところで」

仙蔵は火盗改の動きを話すときよく、

「――三田寺町《みたてらまち》にお屋敷がある、捕物好きの旗本の旦那から聞いたのでやすが」

と、話す。

李之助は〝三田寺町〟とだけで、名までは聞いていないが、その旗本こそ仙蔵の直属の上司で〝火盗改の与力〟と踏んでいる。だから李之助は、興味はあるがそこからさきはなにも訊かず、仙蔵の言うとおり〝その捕物好きのお旗本〟とか〝捕物好きの旦那〟と呼んでいる。仙蔵も李之助がなかば気づいていることを承知で、〝三田寺町の旦那が〟あるいは〝捕物好きの旦那に聞いたのでやすが〟と語ることができるのだ。

李之助は問う。

「で、なにかい。そのコソ泥がこっちの界隈に逃げ込んだって話でもあるのかい」

「ああ、町方の手の者がドジ踏んだみてえで。それもおととい、すぐそこの高輪大木戸でさあ。だからそやつらの足跡が、大木戸を出たこのあたりで見つからねえかと思いやしてね」

「ほっ、大木戸ならすぐそこで、目に見える範囲だぜ。それもおととい？　なんも伝わっちゃいねえ。ということは、捕物は捕物でも、まわりが気がつかねえほど、立ち回りもねえ静かなもんだったたんじゃねえのかい」

「図星《ずぼし》で。町方の同心についている岡《おか》っ引《ぴき》が大木戸の内側に張っていて、木戸を出ようとした遊び人風の男に目をつけ、声をかけようとしたら不意にもと来たほうに逃げ出したらしい」

「ふむ」

「それで岡っ引はそやつを追いかけようとしたが、逃げ出したのはほかにもいてどれを捕まえようか迷ってしまい……」

「なるほど、逃げられたのがみっともなくって、岡っ引はまわりに分からねえように、そっと同心に報告したってわけかい」

「そういうことで。現場に居合わせた往来人も、それが捕物だったことさえ気づかなかったようで」

「で、その話が三田寺町の旦那にも伝わり、そのながれでおめえさんがここへ来たって寸法かい」

「きのう一日、町方が幾人か増上寺門前から高輪大木戸あたりに出張《でば》ったようでやすが、一人もお縄になっちゃいねえ。ということは街道から海辺のほうへ逃げ、大木戸の外側になるこのあたりに入《へえ》って潜《ひそ》んでいるか、すでに品川あたりに逃げ込んだんじゃねえかと思いやしてね」

「おとといのことで、逃げた足跡がこっちにもありゃあ、きょうあすにもそんなうわさが入《へえ》るかも知れねえ。大木戸をこっちへ抜けりゃあ、お奉行所の手はもう及ばねえからなあ。ともかく気になる話だ」

「そうでやしょう。あっしも気になりやして、それでちょいとここへ立ち寄ったんでさあ。もちろん自分でも大工《でえく》仕事のかたわら、聞き込みを入れてみまさあ。きょう一日この町をぐるりとまわり、午後にもまた顔を出しますんで、なにか聞いたら教えてくだせえ」

「ああ、お互いになあ。待ってるぜ」

言いながら腰を上げた仙蔵に杢之助は言った。

「障子戸、このままでいいかい」

「ああ、そのままに」

声をかけ合い、仙蔵は腰高障子を開け放したまま、木戸番小屋を離れた。

杢之助はその背を見送り、

(そこの大木戸で岡っ引がコソ泥を逃がしたかい。それで盗っ人どもの痕跡が大木戸の内側に見られねえとくりゃあ、つぎの舞台はこっちかい。そやつら、品川あたりにずらかっていてくれりゃあ助かるんだが。このあたりをうろちょろされたんじゃ、こりゃあコトだぜ)

思い、身をブルッと震わせた。

李之助がきっかけを得て、府内の両国《りょうごく》から泉岳寺門前町に移ったのは、江戸町奉行所の支配が高輪大木戸までで、

（そこを出りゃあ、町方もその手下の岡っ引もまわりをうろうろしねえから）

というのが理由だったが、そうはいかなかった。

代わりに火盗改の密偵が、周辺を徘徊するようになったのだ。火盗改の密偵は町方でいえば岡っ引に相当するが、探索の技量や行動力など、岡っ引よりも巧妙そうに感じられる。だから李之助は接触を避けるより積極的に合力《ごうりき》し、事件になりそうな芽は早急《そうきゅう》に摘《つ》むように尽力している。火盗改の役人が泉岳寺門前町に出張り、木戸番小屋を探索の詰所にするのを防ぐためだ。

どの町でも木戸番小屋は〝生きた親仁《おやじ》の捨て処《どころ》〟などと言われているなかにあって、李之助のような木戸番人は仙蔵にとってはこの上ない存在なのだ。もちろん李之助も仙蔵の動きによって火盗改の動きが分かり、かえって心置きなく木戸番暮らしができるのだ。

（午過《ひるす》ぎでも夕刻でも、待ってるぜ）

胸中につぶやいた。

府内から町にコソ泥が逃げて来たかも知れないことなど、町の住人に興味本位に

語るのは控えねばならない。町になにごともなかったように解決というより、やり過ごすのが最も穏便《おんびん》な解決策なのだ。

(似てやがる)

ふと、口元に苦笑いが浮かんだ。指物師一家の話も、他人《ひと》に知られず秘《ひそ》かに処理しなければならない。そこが似ているのだ。

四

たまたまそうなったのか、まるで仙蔵が木戸番小屋から出るのを待っていたように、

「おう、じゃまさせてもらっていいかい」

と、声とともに見知らぬ三十がらみの男が、開けたままの腰高障子のあいだを埋めた。

待っていたようにというのは杢之助の直感だが、それが偶然であることは承知している。さっき大工道具を担いで番小屋を出た男が、火盗改の密偵だとその男が知るはずはないだろう。瞬時〝待っていたように〟などと、そんな感覚が脳裡に走っ

たのは、男に尋常ではない雰囲気を感じたからだ。

番小屋に来る者を、李之助が拒《こば》むことはない。そればかりか、異様な雰囲気を受ける相手ほど、李之助の関心は高まる。町内になにをもたらすか分からない。それだけ注意が必要となるのだ。

「おう、ここは町の木戸番小屋だ。遠慮するこたあねえ。誰かこの町の住人を訪《たず》ねて来なすったかい」

「いや、ちょいとこの町のうわさを訊きにな。木戸番小屋なら、どんなうわさでも入《へえ》っていると思うてよ」

李之助は軽い緊張を覚えた。

（こやつ、仙蔵の同輩で、火盗改の密偵？）

瞬時、思ったのだ。李之助だから感じるのかも知れないが、見るからに怪《あや》しげな雰囲気だ。仙蔵の同業ではなさそうだ。こうした者は、かえって岡っ引にも密偵にも向かない。一見、三十がらみの町衆であることは分かるが、なにを生活《たっき》の本居《もとい》にしているのか見当がつかない。さっき仙蔵が言っていた、高輪大木戸から逃げたコソ泥の類かとも思ったが、そんな軽いようにも見えない。

「ほう、そうかい。まあ、おめえさんの訊きてえうわさが入《へえ》っているかどうかは分からねえが、ここは木戸番小屋だ。ともかく座っていきねえ」

杢之助はすり切れ畳を手で示した。

「ありがてえ。じゃまさせてもらうぜ」

男は言うと腰をすり切れ畳に据えながら、首を腰高障子の外のほうへまわし、

「おう、おめえも入《へえ》らしてもらいねえ」

「へえ」

仲間が一人いたようだ。腰高障子の陰《かげ》に隠れていて、杢之助はまったく気がつかなかった。若い男だ。二十《はた》歳《ち》前後だろうか、このほうはひと目で与太《よた》の小物と分かる。

「こいつぁ弟分で三郎太《さぶろうた》と申しやす。ま、俺の身のまわりで、なにかと役に立ってくれている者《もん》だ」

三郎太といわれた若い男は敷居をまたぎ三和土に立つと、ぴょこりと頭を下げた。

三郎太を見れば、この男たちの背景が分かるような気がする。まともな生活《たつき》ではなかろう。遊び人だ。それに三郎太に貫禄はなく、こやつ一人で木戸番小屋に訪《おとな》いを入れていたなら、

（大木戸から逃げたコソ泥の一人か）

と、杢之助は直感しただろう。

すでにすり切れ畳に腰を据えている三十がらみの男に、

「ほう、ご舎弟《しゃてい》かい。で、おめえさん、まだ名も素性も聞いちゃいねえが」

「あ、これは失礼いたしやした。壱郎太《いちろうた》と申しやす。まあ、こんな弟分を持ち、なんだかんだやっておりやす」

と、三郎太のほうを手で示した。三郎太は杢之助からも壱郎太からも座れと言われず、三和土に立ったままだ。そのあたりの上下関係は厳格なようだ。それに〝なんだかんだやっておる〟などの表現は、盗っ人仲間の兄貴分格であることを、自分で言っているようなものだ。

「そうかい」

杢之助は返し、三郎太は立ったままにさせておき、

「で、壱郎太どん。訊きてえうわさってのは、どんなうわさでえ」

「へえ、そのことでやすが」

と、壱郎太はすり切れ畳に腰を据えたまま背筋を伸ばし、木戸番人の杢之助にいくらか鄭重《ていちょう》な言葉遣《づか》いになった。

木戸番人であれ町場の住人であれ、壱郎太がその雰囲気で三郎太を引き連れ話し

かけたりすれば、相手はあとずさりするか警戒のようすを見せたりするだろう。ところが泉岳寺門前町の木戸番人には臆《おく》するようすがなく、まるで壱郎太や三郎太を三下奴《さんしたやっこ》のように対応している。その雰囲気に壱郎太は反発することなく、自然に呑まれてしまったようだ。

火盗改の密偵の仙蔵も、早くから杢之助に呑み込まれた一人である。まったくの善良な町衆なら、杢之助から受ける印象は〝気のいい爺さん〟であり、町の子たちには〝木戸のお爺ちゃん〟だが、自分の身に特殊な背景を持つ者は、やはりというべきか、杢之助からは説明のつかない威圧感を受けるようだ。

杢之助もその筋を感じさせる者には、つい諭《さと》すような上から目線の姿勢になってしまうようだ。

壱郎太は雰囲気に似合わず、もじもじとしたようすで、

「つまりこの近辺で、小判が大量に家の中から湧いて出たってえ話など、ながれておりやせんかい」

「なんだって！　家の中から小判!!　そんな夢みてえな話、聞いたことたねえが」

盗っ人が町に逃げ込んだうわさなどながれていねえかと訊くのかと予測したのがはずれ、意外なことを訊いてきたのだ。杢之助はなかばあきれたように、

「あははは。そんなありがてえ話がありゃあ、いまごろこの町のお人ら、家の中をあちこちひっくり返《けえ》してらあ」

「ごもっともで。つまり、そんな棚《たな》からぼた餅《もち》みてえなうめえ話、出まわっていねえってことでやすね」

「あたりめえだろが。で、おめえさんら、壱郎太どんと三郎太どんといいなすったなあ。もしおめえさんらが三人組だったら、あと一人、次郎太《じろうた》とかなんとかいうんじゃねえのかい」

「えっ、ご存じで!?」

驚いたように言ったのは、立ったままの三郎太だった。

「余計なことを言うな！」

壱郎太は三郎太を叱りつけ、

「へ、へえ」

三郎太は恐縮の態《てい》になった。

杢之助はつづけた。

「一と三で中が抜けているから、つい思ったまでだ。別におめえさんらを三人組と踏んだわけでもねえ。そうかい、当たっていたかい。そんならあと一人は次郎太どんで、きょうは一緒じゃねえのかい。で、おめえさんら、どこから来なすった」

「おっと、ここの木戸番小屋じゃ、ものを訊くのにねぐらを言わなきゃなんねえのかい。ずいぶんきつい木戸番さんじゃねえかい」

壱郎太が不服そうに言ったのへ杢之助は、

「あはは。普段は見知らねえ相手でもそんなこと訊いたりしねえ。ただ名前《なめえ》の組み合わせがおもしろうてよ、訊かれたコトも突拍子もねえものだったからよ」

「さようですかい。ともかくさっきのうわさ、ながれていねえんでやすね」

言いながら壱郎太は腰を上げ、

「じゃましたな。おう、行くぞ」

「へえ」

三郎太はすなおに応じ、壱郎太につづいて敷居を外にまたいだ。腰高障子を閉めようともせず、二人の背はすり切れ畳から見えなくなった。閉めようとしても〝あ、そのまま〟と言うから結果はおなじだが、やはりなにも言わず開けたまま去るのは、日常の過ごし方がそこからも見えてくるようだ。

「ま、いいだろう」

杢之助はつぶやき、しばらく壱郎太と三郎太の消えた方向を見つめた。

（三人組だったかい。仙蔵は岡っ引が取り逃がしたコソ泥を、二人とも三人とも言っていたが、当てはまるぜ。三郎太はまあコソ泥の類だが、壱郎太はそうじゃねえ。かなりの……）

かつての自分に近いものを感じ、

「捨て置けねえ」

低く声に出した。

まだ杢之助の目は、壱郎太たちが去った方向に向けられている。二人は街道のほうへ出たようだ。

その空間を見ながら思えてくる。

（やつら、品川かさらに遠くまで遁走《とんずら》こいたんじゃのうて、まだこの近辺をうろついてやがったかい。仙蔵どん、ここへ聞き込みに来たのはさすがだぜ）

さらに念じる。

（ならばやつら、どうしてこのあたりをうろついてやがる）

それが分からない。

（まったく奇妙なことを訊きやがるぜ。家の中から小判が湧いて出た？　棚から小判のぼた餅かい）

そこまで反芻《はんすう》すると、

「あっ」

と、声が出た。

(似てやがる！)

彦市とお勝の話と、いまの壱郎太の話がである。

どっちも突拍子もない話で、あり得ないようであり得る。家の中から小判の話も、誰かが隠したのならあり得ないコトではないのだ。

それで〝似ている〟とするのは、無理なこじつけか。

(それだけじゃねえぜ)

自答するかたちになった。

(どっちも、この町が舞台じゃねえか)

思い、

(坂上の夫婦とさっきの怪しげなやつら……、なにか係り合いが……？)

自問する。

(えっ！　ひょっとしたら、小判の棚ぼた、あの夫婦の家の棚？)

すぐさま、

(ははは、こじつけが過ぎらあ)

　思うと同時に、ふたたび真剣に考えた。

(あの夫婦の家は坂上。おなじ町内でも番小屋《こ》ととなり近所じゃねえ。儂の知らねえことが、いろいろあるのかも知れねえ)

　腰を上げた。疑念に思えば、それを突きとめねば落ち着かないのが、杢之助の性分《しょうぶん》だ。さきほど町役総代の門竹庵細兵衛を訪ねたとき、ほんの一言か二言しか話さなかった。もちろんそれで、あの家族にさして問題のないことは感じ取れた。

(だがそれだけじゃ、寝ぼけの説明がつかねえ。棚からぼた餅なんざ、なんの判断材料になるのか見当もつかねえ。もうすこし細兵衛旦那と話せば、なんらかのきっかけが得られるかも知れねえ)

　思われてきたのだ。

(それにしてもこの一両日、わけの分からねえ話ばかりが持ち込まれたもんだぜ)

　念じながら下駄をつっかけ、木戸番小屋の敷居を外にまたいだ。

「あら、お出かけですか。さっきのお客さん、初めての顔だけど、街道へ出ると大木戸のほうへ向かわれましたよ。道でも訊きに来たのかしら」

　お千佳が声をかけてきた。

「ああ、そういうところだ。ふむ、あの二人、大木戸のほうへ向かったのかい」

李之助は確認するように問い返し、壱郎太たちが大木戸を出てすぐの車町《くるまちよう》あたりにねぐらを置いていると予測した。

「お千佳坊はいつも、他人《ひと》の動きをよく見てるなあ。感心するぜ。そうそう、これから儂ゃ、ちょいとまた坂上へ野暮用《やぼよう》だ。番小屋、また見てくんねえ。さっきよりも時間はかかるかも知れねえが、そう長くはならねえ」

「ああ、門竹庵さんね」

お千佳の声を背に、足取りはゆっくり、脳裡は複雑に、坂上へ歩を踏んだ。

李之助にとって、泉岳寺門前町の坂道は、心置きなく歩くことができる道筋の一つだ。李之助は下駄でも足音がない。飛脚と盗賊時代に身につけた歩の踏み方が、李之助にとっては自然の歩き方となってしまったのだ。かすかに腰を落とし、いくらか前かがみになる。それで下駄でも音が立たないのだが、忍びの者か心得のある武士が見たなら、

(ん？　いずれの隠密⁉)

思うかも知れない。それが李之助には恐いのだ。だからといって故意に音を立てようとすると、ぎこちない歩きになり、かえって人目を引いてしまう。

泉岳寺門前町の通りは、木戸番小屋を出ればすぐ坂道だ。男も女も用心深く歩を踏む。下駄に音が立たないのは、杢之助一人ではなくなる。だから杢之助は日常でも、誰の目をはばかることなく出歩けるのだ。

歩を踏みながら、足に気をつける必要のない分、頭にはきのうきょうの奇妙な話ばかりが渦巻《うずま》く。

(壱郎太め、盗賊だとすりゃあ、なんで町方に目をつけられながら、こんな江戸府内を出たばかりのところに留《とど》まってやがる。なんで遠くへ逃げねえ)

疑念をめぐらしたとき、ハッとするものを杢之助は感じた。自分の身を、役人に追われる盗賊に置き換えたのだ。

(もしそうなら、なるほど壱郎太どもめ、この町を離れられず、棚からぼた餅のうわさが気になるはずだ)

合点《がてん》がいく。

だが、

(彦市と市助父子《おやこ》の〝寝ぼけ〟が、小判のぼた餅とどうつながる……?)

やはり解《わか》らない。

頭の混乱するまま、足は門竹庵の玄関前を踏んだ。

五

まだ午前《ひるまえ》だ。さきほど店場にいた細兵衛は、職人たちと一緒に裏手の仕事場に入っていた。門竹庵はあるじ自身が腕のいい竹細工職人で、製造と販売の両方を仕切っている。

「また来なさったか。彦市どんにお勝さんなあ。せがれも一端《いっぱし》の職人に育ち、申し分のない職人一家だが、木戸番人から見て、やはり気になるところがありますか。さっきはお武家のお客さんで、長く話せませんでしたからねえ」

と、細兵衛は竹を削っていた手をとめ、杢之助に向きなおった。仕事場は板敷で座卓や立ち仕事の台が置かれ、いま細兵衛以外に三人の職人が竹を割ったり削ったりしている。

「やはりとは？　なんでやしょう。細兵衛旦那も彦市どんとこに、なにか感じなさっておいでですかい」

「ああ、それもきのうきょうのことですよ。さすが木戸番さん、早くもそこに気づきましたか」

杢之助の問いに細兵衛が応え、ふたたび杢之助が口を開こうとしたところへ、

「あららら。指物屋のお勝さんとこ、やはり杢之助さんも……」

と、店場にいたはずのお絹《きぬ》が仕事場に来て話に加わった。あるじの細兵衛の妹で、東海道《とうかいどう》を小田原《おだわら》まで出ていた杢之助が江戸近くに引き返し、泉岳寺門前町の木戸番小屋に入ったのは、このお絹の所行《しょぎょう》がきっかけになっている。お絹にとって杢之助は命の恩人である。杢之助を呼ぶときも町内で唯一、〝木戸番さん〟や〝番太郎〟ではなく、名を呼んでいる。信頼とともに親しみも覚えているのだ。

そのお絹に言われ、思わず杢之助は、

「あ、そうだった」

と、つい洩《も》らした。さきほど店場に入ったとき、細兵衛の名を告げるよりお絹に訊けば間に合っていたかも知れないのだ。だがいま、仕事場まで入った収穫はあった。細兵衛は彦市について語り、お絹もお勝のようすを話した。

「きのうかおといからでしたなあ、彦市どんが落ち着きを失ったのは」

細兵衛が言ったのへ、

「どのようにですかい」

杢之助は質《ただ》した。その念頭には一族の〝寝ぼけ〟のことがある。

細兵衛は応えた。

「急にそわそわしだし、外で出会っても、以前なら立ち話などしていたのが、きのうもきょうもまるで人を避けるように……」

「そう、そうなんですよ。お勝さんも、近所のあたしたちを、まるで避けているように、いえ、逃げるみたいなんですよ」

お絹があとをつなぎ、さらに言った。

「それで、けさですよ。あの家《うち》、外から玄関を入ったらすぐ仕事場でしょう」

彦市の家はそういう造りでこぢんまりとしており、家で作業をしているときは前を通っただけで音が聞こえ姿も見える。

けさ早くに所用があってお絹はその指物屋の前を通ったらしい。

「きのうきょうとあの指物屋さん、大木戸の近くへ仕事に出ているから、きょうもこれから出かけるところだったようで」

その市助と彦市は、それぞれひと足違いで木戸番小屋の前を通り、杢之助と言葉を交わしている。

「いえね、あしたからの仕事のことらしいんですよ。夫婦、親子で言い争っているんですよ。これまでなかったことで、つい気になって……」

外から立ち聞きをしてしまったらしい。

家族三人が三つ巴《みどもえ》で言い争っているなど尋常ではない。お絹でなくてもつい気になり、足をとめるだろう。

「で、どんな言い争いで？」

李之助はさきを急《せ》かした。

お絹はつづけた。

「あしたから品川の向こう側の外れで、ここからはけっこう遠くて、親子で三日はかかるって、おとといかそのまえに聞きましてねえ」

「けさの争いというのは知らんが、品川の仕事なら私も聞いている。あの宿場は大きいから、手前のほうだったら近いが、向こうのほうとなりゃあ、けっこうあるからなあ」

細兵衛が声を入れたのへ、お絹はまたそれをつないだ。

「それなんですよ、言い争いは。彦市さんは二、三日、品川の木賃宿《きちんやど》に泊まって仕事をすると言い張り、お勝さんはだめです、ここから通いにしてくれって。それで言い争いなんですよ。お勝さんの権幕《けんまく》はすごく、彦市さんが折れかかりましてねえ。するとと息子さんの市助さんが、あの子、仕事が一人前《ひとりまえ》なら言うことも一人前で、そんなら自分だけ一人で品川の木賃宿に寝泊まりするって。品川の向こうの端に泉岳寺《ここ》からいちいち通えるかって」

「ふむ、一理あらあ」

杢之助が相槌《あいづち》を入れ、お絹はさらにつづけた。

「すると驚きじゃありませんか。こんどは旦那の彦市さんまでがせがれさんの市助さんに、だめだ！　おまえもここから通いにするんだ……なんて。いったいなにがどうなっているんでしょうかねえ。あたしゃさっぱり分からず、それで兄さんにもまだ話していなかったんですよう」

「ふむ」

と、細兵衛はうなずいていたが、わけが分からないのは杢之助のほうだ。さっきから気になっている一家の〝寝ぼけ〟の話が、まったく出てこない。だからといって、お勝からも彦市からも口外しないようにと言われているから、杢之助のほうから話すわけにはいかない。

ほかになにか原因はないかと、

「品川宿の向こうの端ですかい。そりゃあ木賃宿にでも泊まりたくなりますさあ。そんなことで一家三人が朝から言い争い？」

李之助は細兵衛とお絹の顔をのぞき込んだが、二人ともそれへの反応はなく、

「ああ、それなら」

と、年配で通いの職人の一人が、これまで手を動かしながら聞き耳を立てていたのか喙《くち》を容《い》れた。

「きのうの夕方でやした。ここからの帰《けえ》りに、その指物屋の前を通ったのでさあ。聞こえてきやしたよ、さっきおかみさんが話されたのとおんなじことを、夫婦で声を荒らげてんでさあ。あっしはそのまま通り過ぎやしたので、せがれさんの声までは聞いちゃおりやせんが、ともかく品川が遠いの近いの、と」

どうやら家族の揉め事は、きのうからすでに始まっていたらしい。

（品川での仕事に木賃宿……、別におかしくねえが家族でうるさく揉めることでもあるめえ。それに〝寝ぼけ〟の話がまだ出てこねえ。遊び人の壱郎太が言っておった〝棚からぼた餅〟は、どう絡《から》まってやがる）

李之助の頭はいっそう混乱した。

脳裡ではそれらがすべて係り合っているように思えてくるのだ。さらに思えば、ながれ大工の仙蔵の口から出た、岡っ引のコソ泥取り逃がしの話も、時期的に一致するのだ。

李之助には元盗賊としての、他人《ひと》に知られてはならない経験の歳月と勘がある。

(見過ごせねえ)

すでに意を決している。決した以上、その性分からすべて解明するまで手を抜けない。

「ま、他人さまのお家に立ち入るのもなんでやすが、儂《わし》ゃあ木戸番人としてちょいとのぞいてきまさあ」

李之助が門竹庵の仕事部屋を出ようとすると、

「ならば、あたしも一緒に」

お絹があとにつづこうとするのを細兵衛が、

「待て、待て。おまえが行きゃあ話を聞くより、口を出してこじらせるだけだ。木戸番さんは話を聞きに行くだけだから」

と、お絹を引き留めた。

お絹は不満そうだったが、李之助にはそれでよかった。実際、お絹が一緒だと、話を聞くよりもさらにこじれそうな気がするのだ。話はなにがどう絡み、どう進《しん》捗《ちょく》するか分からないのだ。

彦市と市助は大木戸近くの普請場に出ており、いま家にいるのはお勝一人だ。家族の〝寝ぼけ〟の話を最初に木戸番小屋に持ち込んだのはお勝だ。杢之助が訪ねれば、そこは木戸番小屋と違ってお勝の自宅であり、忌憚《きたん》のない話が聞けるかも知れない。

いまこの家族以外で、〝寝ぼけ〟にまつわる話を知っているのは、杢之助のみだろう。さらに彦市とお勝が、それを家族のあいだにも内緒にしているのまで知っている。聞いたとき杢之助はそれをすなおに解したが、いまは逆に引っかかるものを感じているのだ。

その疑念が、こたびのすべての出発点だった。〝寝ぼけ〟と〝棚から小判のぼた餅〟と、町方の手から逃れた盗っ人たちの件が、

（一つにつながっている……。あり得ないコトではないぞ）

その思いをさきほど、門前町の上り坂に踏む一歩一歩に強めていた。そこへ品川が遠いの近いのとの、家族間の言い争いが加わった。これから話し合うのは、杢之助一人とお勝一人でなければならないのだ。

六

指物師の家の前で、

「よしっ」

李之助は低くうなり、仕事場になっている玄関に声を入れた。当然ながらいま人はいない。

「お勝さん。いなさるかい。坂下の木戸番人ですじゃ」

夜まわりで鍛《きた》えている声だ。皺枯《しわが》れていても奥まで通る。

「えっ、木戸番さん！」

お勝の驚いたような返事があり、すぐに出て来て仕事場の座卓の前に座るよう手で示し、

「いますぐお茶の用意を」

あきらかにお勝は李之助の来訪《らいほう》に戸惑う反面、なにかを話したがっているように見える。

（まだ大ざっぱだが、儂の立てた推測、まんざらじゃねえかも知れねえぞ）

李之助は思ったが、お勝がなにを戸惑いなにを話したがっているのか、それがまだ分からない。

（そいつをいまから）

意を決し、

「お茶よりも、まず話ですじゃ」

李之助は言いながら板敷に腰を下ろし、お勝にも座るよう手で示した。

お勝は従った。この場も李之助が仕切るかたちになった。

李之助は推測した筋道に沿い、それが合っているかどうか確かめるように、お勝を凝視して言った。

「ここ二、三日のことでさあ。棚からぼた餅みてえに、小判がジャラジャラと出てきやせんでしたかい。二両や三両ってえもんじゃありやせん。十両か五十両か、それとももっと多く……、ぼた餅ならず、小判がさあ」

そんなうわさを聞かなかったかではなく、そんなことがなかったかと訊いているのだ。

「木戸、木戸番さん！」

お勝はなにやら言おうとした言葉をもつれさせ、李之助を見つめ、思案するようすになった。

李之助の立てた筋道への、お勝の反応である。棚ぼたの小判はあったのだ。

話を進めた。

「この家の中で、棚ぼたの小判に最初に気づきなすったのはお勝さん。あんただね。驚きなすったろう。まさかと思い、全身が震えたと思いやすぜ。亭主の仕業《しわざ》じゃねえかと……」

李之助は問い質《ただ》すのではなく、すでにお勝の戸惑ったのが事実であるように話している。一種の誘導で、考える余裕を相手に与えない話術だ。そこにお勝は反応した。

「ど、どうしてそれを、木戸番さん！」

ここに李之助は、自分の推測が的《まと》を射ていると確信した。あとはお勝を話に乗せるばかりだ。

大工も指物師も仕事に入れば、その家の隅から隅まで知ることになる。だからどんな盗賊一味でも、大工や指物師を仲間に欲しがるものだ。もし大工や指物師がその気になれば、これほど重宝な仲間はいない。その気がなくとも、偶然そうした機会に遭遇し、出来心にながされたなら……。

小判の包みがあったのは、おそらく玄関を兼ねた仕事場の棚だろう。お勝は掃除をしていて棚の隅あたりにその包みを見つけた……。

（──おまえさん、まさか⁉）

否定したい。だが小判の山はそこにある。

李之助はお勝に言った。

「おめえさん、頭の回転の速《はえ》え お人だ。こんな大金、露顕《ばれ》ないはずがねえと考えなすった」

「は、はい」

お勝はもうすっかり、李之助の進め具合に乗せられている。

「亭主の罪を、できるだけ軽くしたい……と」

お勝は無言でうなずく。

李之助は話を進める。

「考えついたのが、寝ぼけの酷い症状だ。確かにありまさあ、てめえでは意識せず外へ出歩いたり他人の家に上がったり、と。目が醒《さ》めるとてめえはなにも覚えていねえ。それはもう寝ぼけじゃのうて、病気でさあ」

「そう、そうなんです。他人《ひと》さまの金子《きんす》に手をつけるなど、それも五十両という腰の抜けるほどの大金を。ですが、自分では意識しない病のなかでのことなら、打ち首にはならず、島送りくらいに罪は軽くしてもらえるかも知れない、と。ともかく五十両は仕事場の棚に置いたままにして……」

「そのうえで木戸番人の儂《わし》を、亭主の彦市どんが寝ぼけの病だったことの証人に仕立てよう、と」

「も、申しわけ、申しわけありません」

「なあに、そういうことに利用されるんなら、儂ゃ嬉しいですぜ。そのめえにお勝さん、ご亭主の彦市どんは、出来心でもそんなことをするような人じゃござんせんぜ。そのほうを信じなせえ」

「は、はい。ですが、現に小判の山が仕事場の棚の奥に……」

「あははは、それはあとで話すとして、ご亭主の彦市どんもそれを見つけ、おめえさんとおんなじことを考えなすった」

「えっ、どういうこと！」

お勝は杢之助の顔をのぞき込んだ。

すでに話は、お勝と彦市の双方から口止めされたことを守っていては、さきに進められないところまで来ている。

「お勝さん、おめえさんが彦市どんを寝ぼけの病人に仕立てようと木戸番小屋を訪ねなすった次の日、つまりきょうの朝ですじゃ。彦市どんも木戸番小屋に来なすって、せがれの市助どんを寝ぼけの病人に仕立てようとしなすった」

「なんですって！」

お勝は口をあんぐりと開け、それを塞《ふさ》ごうともしない。

「儂の推測じゃが、これ以外に考えようがねえ。まあ、聞きなせえ」

「はい」

杢之助の言葉に、お勝はすべてを信じるといったような表情になった。

杢之助はさらに進めた。

「おめえさんが棚のお宝を見つけ、そのままにしておきなすったすぐあと、彦市どんも見つけなすった」

「自分であそこに置いたんじゃないんですね!?」

お勝が喙《くち》を容《い》れる。

「もちろんでさあ。まあ、聞きなせえ」

杢之助は言う。

「儂もなにから話したらいいか、迷いながら話しているんで。ともかくお勝さん、ご亭主の彦市どんを信じなせえ」

「は、はい」

「彦市どんも棚からぼた餅の五十両に仰天《ぎょうてん》し、違うところは、せがれの市助どんの仕業と思い込みなすった。あとはおめえさんとまったくおんなじことを考え、儂のところに来なすった。寝ぼけの病さね」

「露顕《ばれ》たときのことを考えた？　五十両の包みをそのままに？」

お勝は言いながら仕事場の隅の棚に目をやった。

杢之助はその視線を追い、

「あそこですかい、小判のぼた餅は」

「は、はい。あそこです」

杢之助はひと息ついた。推測がすべて当たっていたのだ。これできのうきょうの彦市とお勝の言い争いも納得がいく。

お勝が彦市に泊まり込みの仕事をさせないように言い張ったのは、得意先の家々で出来心を起こさせないようにするためだった。さらに市助が自分一人でも木賃宿に入ると言ったのを父親の彦市が叱りつけたのは、お勝が彦市に抱《いだ》いたのとおなじ思いからだった。

お勝はホッとしたような表情になり、ひと呼吸の沈黙のあと、

「まだ分かりません、肝心なところが」

「あそこの五十両、誰が置いて行ったかでやしょう」

と、杢之助はお勝が視線を投げた棚のほうをあごでしゃくった。

最初にその出処《しゅっしょ》を予測したとき、杢之助は自分の考えに半信半疑というより、あり得ないと思う気持ちのほうが強かった。

だが、いまは異なる。これまで語った憶測が、すべて恐ろしいほどに当たっている。だとすれば、五十両の出処も憶測どおりでなければならない。それらはすべて、一本の線につながっているのだ。一つでも外れれば、その憶測は成り立たない。

杢之助は説明するように話した。

「数日めえだ、ほれ、そこの大木戸の内側で、ちょっとした捕物があったらしくってなあ」

「捕物？　お奉行所から捕方《とりかた》がいっぱい出て、御用御用っていうあれですか」

「そんな大騒ぎなものじゃなかったらしい。ともかく捕物があって、岡っ引が咎人《とがにん》を逃がしちまったっていうのよ」

「まあ、恐い。で、逃げた咎人、盗っ人かしら。いまどこに」

お勝は杢之助を凝視したまま、真剣な表情で問う。

「それよ」

杢之助は返し、

「盗賊ってのはなあ、逃げながら捕まった時のことを考え、無一文で逃げるものよ。盗んだお宝をあとで回収できそうな所へ隠してなあ」

「えっ、そんならあの棚ぼたのお宝は！」

「そうよ。賊が逃げたのは、すぐそこの高輪大木戸よ。捕方も大木戸の近くに出張って来てらあ。うまく振り切って逃げるとすりゃあ、大木戸の内か外か……」

「そと、そと」

町衆も江戸の町奉行所の支配は大木戸までということを知っている。お勝は応え、

「あっ」

と、声を上げ、ふたたび棚のほうへ視線を投げ、身をブルッと震わせた。

「お勝さん、いい勘してるぜ。そういうことにならあ。逃げるにも街道《けえどう》を走ったんじゃ目立ちすぎらあ。大木戸を出りゃあ車町だ。町場は大木戸に近すぎらあ」

お勝はまた勘を働かせ、

「つぎ、つぎはここ、泉岳寺門前町!?」

「そうさ。ここの玄関の前《めえ》を通った。戸は開いたままで、ちょいとのぞきゃ職人の仕事場で誰もいねえ。人がなに喰わぬ面《つら》で出入りしても、誰も怪しまねえ」

「ううう」

お勝はうめいた。そのとおりなのだ。ここ数日、自宅の仕事場には誰もいなかった。

「そこで賊は棚の奥へ五十両の包みを忍ばせ、家人が出て来ねえうちにと、さりげなく外に出た。もちろん、あとで取りに来るつもりでよ」

お勝は無言で首を横に振った。

賊は、

(まだ取りに来ていない)

との、恐怖を込めた仕草だ。

杢之助は話す。

「賊が再度来るめえに、まずおめえさんがそれを見つけ出し、さらに彦市どんも見つけ、互いに仰天し、まったくおなじことを考えた」

またしてもお勝は無言のうなずきを見せた。それもまた、杢之助の推測どおりだったようだ。お勝の表情は穏《おだ》やかになっている。

杢之助はこの一連の問答《もんどう》のなかで、初めて笑顔を見せ、

「まったくおめえさんたちゃあ、似たもの夫婦だぜ」

お勝の顔にも笑《え》みが戻った。

だがすぐに険《けわ》しい表情になり、

「賊はいつ、いつ……、それに幾人《いくにん》⁉」

いま杢之助が、最も切羽詰まった思いになっているコトへの問いである。人数は壱郎太に次郎太に三郎太という、ふざけた名の三人だ。このうち壱郎太と三郎太はすでに木戸番小屋に顔を見せている。また来るようなことも言っていた。

(五十両、どうする)

杢之助の脳裡はいま、混乱している。

大金だ。それが家人に見つけられたかまだ無事かを探りに、きょうまた来るだろう。

それだけの大金をお上《かみ》に届け出ればどうなる。火盗改は奮い立ち、杢之助の木戸番小屋に詰所を置くだろう。

(道案内に立つのは、儂だぜ)

それだけで心《しん》ノ臓《ぞう》が高鳴る。ながれ大工の仙蔵はともかく、火盗改には奉行所以

上にどんな目利きがいるか知れたものではないのだ。

（なにごともなかったように、人知れず解決）

至難の業《わざ》だ。

事態はすでに杢之助の手に負えない。

そのときだった。仕事場のおもてが急に騒がしくなった。

「お絹、だめだ。おまえが口出ししたんじゃ、さっきも言ったようにかえって話がこじれる。あの木戸番さんを一番信頼しているのは、おまえではないか」

「そりゃあそうだけど、放っておけないんですよう。なにかこのお家に、困ったことでも巻き起こってるんじゃないかと」

細兵衛とお絹の声だ。

杢之助が出向くとき、細兵衛はついて行こうとする妹のお絹を引き留めた。だがお絹は指物師夫婦の揉めている一端を耳にしている。店場に戻ってからも気になって仕方がない。それで自分一人で指物屋へ出向こうとしたのを、細兵衛が気づいてあとを追い、指物屋の玄関前でつかまえ、二人のやりとりとなったのだった。

（よしっ、これで行こう！）

瞬時、杢之助はひらめいた。木戸番小屋が係り合わない解決方法だ。

指物屋の仕事場で杢之助はお勝に言った。

「お勝さん、黙って儂の言うとおりにしてくだせえ。細兵衛旦那はこの町の町役総代だ。うまくやってくださらあ」

お勝もおもての声を聞き、杢之助に言われるままうなずいた。

お勝ではなく杢之助がおもてに顔を出し、

「細兵衛旦那、ちょうどようござんした。これから呼びに行こうと思ってたところでさあ。事情はすべて分かりやした。さあ、お絹さんも中へ」

「えっ、いいんですか」

お絹は名指しされ、細兵衛を押しのけるように勇《いさ》んで屋内に入った。細兵衛は苦笑した。お絹の関心は相当に強い。

お勝はすぐに茶の用意をした。

仕事用の座卓を囲み、四人が座に着いた。

「お絹さんがおもてから聞きなすったのは、この家の揉め事じゃのうて、なんとも微笑《ほほえ》ましい話でしたわい」

杢之助は語る。

実際に微笑ましい話なのだ。

その発端《ほったん》になった五十両については、

「お勝さん、ここへ」

「は、はい。これなんです」

奥の棚からお勝は取り出して来て、仕事用の座卓の上に置いた。

風呂敷にしっかりと包まれている。

それを見て細兵衛とお絹は驚いたが、お勝は亭主の彦市をかばおうとし、彦市はせがれの市助をかばおうとし、夫婦がまったくおなじ狂言《きようげん》を考えついたことに、座はそれこそ微笑ましい笑いに包まれた。

五十両を置き去った盗賊については、

「その者どもの最大の目的は金もさりながら、ともかく無事に逃げのびることでさあ。旦那、早急《さつきゆう》に火盗改に連絡《つなぎ》を取り、早《はよ》う五十両を届けてくだせえ」

「総代さんが火盗改に五十両を差し出すと、盗賊はもううちに来ませんか」

お勝は問う。指物屋の家族にとって、それが最も大事なところだ。

杢之助は応じた。

「さっきも言いやしたように、盗賊は捕まらず逃げ果せることが第一《おお》でさあ。隠し置いたお宝が見つけられ、お上《かみ》の手に落ちたとなりゃあ、もう二度とそこには近づきやせん」

「そういうもんですか。いや、分かるような気がします。さっそくご府内の火盗改に遣《つか》いを出し、きょう中に来てもらいましょう」

細兵衛が言ったのへ杢之助はさらに、

「火盗改への報告に、彦市どんたちの寝ぼけの話はいらねえでやしょう。ありゃこの家族のほのぼのとした話で、内輪のことでやすから。だから棚ぼたの五十両はお勝さんから直接総代さんに報《しら》せたことにしなせえ。そうであれば、火盗改がわざわざ木戸番小屋に探索の詰所を置き、お役人衆が坂道を上ったり下りたりする必要はなくなり、門竹庵さんと指物屋を行き来するだけで、すべて落着《らくちゃく》しまさあ」

「なるほど。そういうことになりますか。木戸番さんはそれでいいのですね。コトのながれからは、蚊帳《かや》の外になりますが」

細兵衛が言ったのへ、杢之助は無言でうなずいた。

「盗賊はいったい、幾人で？」

お勝が訊いた。家に侵入したのが幾人だったのか、事態がうまく終わりそうだと分かっても、やはり気になるのだろう。

杢之助は応えた。

「そこまでは分からねえ。儂とて見てたわけじゃございせんから」

さらに視線をお勝から細兵衛に向け、

「五十両という大金でさあ。火盗改の旦那方なら、心当たりがありなさるかも知れやせん。したが、それはお役人の仕事で、儂ら町の係り合うことじゃございせんでしょう」

「うむ。そのとおりです」

細兵衛は得心した。

杢之助は午前《ひるまえ》に木戸番小屋に来た壱郎太と三郎太、その仲間の次郎太の三人の件は伏せた。この者たちの名を出せば、杢之助はすでに係り合っており、こたびの件からせっかく木戸番小屋を外しても、火盗改がやはり木戸番小屋に来ることになるだろう。

杢之助は壱郎太たちの件を、自分個人の係り合いとして人知れず処理するつもりになっている。かれらはきょうにもまた木戸番小屋に来るはずだ。泉岳寺門前町で悪さをしなければ、三人を糾弾《きゅうだん》するつもりはないのだ。

（ふふふ。そのとき五十両がすでに総代を経て火盗改に渡ったことを話してやりゃあ、やつらどんな面《つら》をしやがるか、見ものだぜ）

ふと杢之助は、一、二、三とふざけた名をつけている壱郎太らを、からかってやる気になった。

指物師の仕事場で話がまとまったとき、ちょうどよく彦市と市助が大木戸近くでの仕事を終え、帰って来た。朝方、彦市は木戸番小屋できょうは最後の仕上げで、陽の高いうちに帰って来ると言っていた。実際に西の空に陽はまだ高かった。

彦市は仕事場に入るなり、門竹庵細兵衛や杢之助が来ており、五十両の包みがそこに置かれていることに、

「ど、どうしてそれを!?」

声を上げた。

「そのことは、あたしから」

と、お勝が話すことになり、杢之助たちは指物屋から退散することにした。

おそらく家族で長い話になり、そこに笑いが洩れ、

『えぇえ！　そんなあ』

と、驚く市助の声も聞こえてくるようだった。

細兵衛は五十両の包みを手に、一刻も早く火盗改に連絡《つなぎ》を取らなければならない。

門竹庵への帰り、杢之助は言った。

「あの指物師の家族、ばらばらなんですかい。それとも思いが一つで、まとまりがよすぎるのですかい」

「そりゃあ、まとまりのほうに決まってるだろう」

細兵衛は応えた。

「ははは。そのようでやすねえ」

李之助は返し、お絹も、

「いいものを見せてもらいました」

と、満足そうだった。

李之助は一人になり、坂上の門竹庵から坂道を下りながら、

(さあて、富くじの連番みてえな名をつけやがった壱郎太に次郎太に三郎太どもよ。来るなら早《はよ》う。もうおめえたちゃ、この町に用のねえことを教えてやるぜ)

念じた。

木戸番小屋の前だ。

向かいの縁台に出ていたお千佳が言った。

「あら、お帰りなさい。お客さん、なかったですよ」

「そうかい。ありがとう、ありがとう」

言いながら木戸番小屋に入った。

盗っ人の壱郎太たちも火盗改の密偵でながれ大工の仙蔵も、きょう二度目の来訪はまだのようだ。陽は西の空にまだ高い。

(壱郎太と仙蔵、ここで鉢合《はちあ》わせにならなきゃいいが)

すり切れ畳の上で、そんなことをふと思った。

それにしても壱郎太は五十両もの大金を、

(よく行きずりの民家の棚に隠し置いたものだ)

思い、

(ひょっとしたら奴ら、コソ泥だけじゃのうて、手広く悪さをやってやがる……?)

そんな想像までした。

いまごろ、門竹庵細兵衛の遣《つか》いの者が、府内の火盗改の役宅に走っていることだろう。

杢之助にとって、壱郎太たちのことを思えば、事態はまだ収まっていないのだ。

探り合い

一

陽は西の空にまだ高い。

杢之助はすり切れ畳の上から、まだ日射しの強い外を見て、

「なんともまた、きょうという日は……」

声に出してつぶやいた。

きのうの朝、指物師《さしものし》の女房のお勝が、木戸番小屋に来たのが皮切《かわき》りとなった。それにきょうの朝、普請場へ行く亭主の彦市が来た。二人とも親族の寝ぼけの話をする。家族をかばうための狂言というより、苦肉のつくり話だったことを、杢之助は気づいた。

その勘をめぐらせるきっかけとなったのが、きょうの午前《ひるまえ》、ながれ大工の仙蔵が杢之助に、高輪大木戸で岡っ引が盗っ人を取り逃がした話をしたことだった。仙蔵

は、火盗改の密偵である。それにもう一件、このすぐあと、こともあろうに仙蔵が話した盗っ人と覚《おぼ》しき壱郎太が、手下を連れ〝棚からぼた餅〟のうわさがながれていないか確かめに来たことも、李之助が勘を働かせる動機となった。

その仙蔵と壱郎太は、〝また来る〟と言って帰ったのだ。

(きっと来る、きょう中に)

李之助は確信している。

それがまだ来ていない。

李之助にとって、事件はまだ終わっていないのだ。

陽は西の空にまだ高かったのが、いくらかかたむいた時分となった。幾人か町内の者が木戸番小屋に顔を出したが、盗っ人が近くに潜《ひそ》んでいるかも知れないとの話も棚ぼたのうわさもながれていないようだ。もっとも棚ぼたの話は、うわさになるまえに李之助がきょう半日で解明したのだ。

(仙蔵どんも壱郎太どんも、早《はよ》う来なされ。じゃが、ここで二人鉢合《はちあ》わせになるのはまずい。間をおいて来てくんねえ)

などと胸中に念じ、腰高障子の外に目をやったときだった。その障子戸のすき間を埋めたのは、

「おぉう、確か壱郎太どん。弟分が次郎太に三郎太だったなあ。一、二、三とうまくまとまりやがって、一度聞いたら忘れねえぜ」

李之助は皮肉を込めて言った。

「さようですかい。おう、おめえも入《へえ》らせてもらえ」

壱郎太は皮肉に気づいたかどうか、背後にいた若い者《の》に声をかけ、敷居をまたぎ狭い三和土《たたき》に立った。三郎太だ。

李之助は言った。

「おめえさんらの来るのを待ってたのよ。午前中に訊《き》かれた件で、話してえことがあってなあ」

「えっ、ありやしたのかい。棚から小判のぼた餅ってのが」

壱郎太は落胆したように返した。三郎太の肩からも、そのようすが見てとれた。

五十両といえば、町場の庶民の家なら二、三軒は建ちそうな金額だ。それが棚ぼた式に出てきたのならうわさにならないはずがない。なければ指物師の仕事場の棚に隠し置いたのを、家人《かじん》はまだ気づいていないことになる。今夜にも時分を見計らい、回収に来る算段が崩れた瞬間だ。

(おめえらの落胆、分からあ。同情はできねえぜ)

杢之助は念じ、

「ま、座んねえ」

言うと壱郎太は応じ、三郎太は三和土に立ったままで、午前とおなじ展開になった。そこに杢之助は、指物師の家人が仕事場の棚から五十両の包みを見つけ、仰天して町役総代に届け出て、総代はすぐさま江戸府内《ふない》の火盗改の役宅に遣《つか》いを走らせたことを語り、

「そうさなあ、いまごろご府内から火盗改のお役人がこっちへ駈けつけ、そろそろ着くころかなあ。行ってみるかい。総代さんの家は、ほれ、ここの坂上の山門のすぐ前だ」

「いやいや」

壱郎太は手の平を顔の前でひらひらと振り、

「俺たちゃ、うわさがながれているかどうかさえ知りゃあじゅうぶんで、ほかに思うところなんざ、なあんもござんせん」

言うとすり切れ畳に腰を据えたまま、ひと息入れた。

あえて杢之助は、なぜそんなうわさを気にするのかなど、相手が応《こた》えに窮《きゅう》するようなことは訊かなかった。

そういうところも、壱郎太が李之助に気を許し、

（この御仁、かなりの以前を持った人）

と、ますます関心を寄せる理由の一つになっている。

（ひょっとして、俺たちの同業……？）

壱郎太は感じたのかも知れない。そのような壱郎太を李之助は見つめ、

（いかに大金でも火盗改の手に渡ったんじゃ、もうどうしようもねえ。これでこの町におめえたちの用はなくなった。さあ、とっとと帰《けえ》んな。もう二度と来るんじゃねえぜ、この町によう）

胸中に念じた。それが李之助の策であり、望みであった。

壱郎太はすり切れ畳に腰を据えたまま、三和土に立っている三郎太に、

「そういうことのようだ。けえって、さばさばするじゃねえか」

言ったものの、腰を上げようとしない。三郎太もうなずいたが、敷居を外にまたぐ気配がない。まだ李之助に、用があるようだ。

（どうしたい）

李之助が内心、首をかしげると、

「木戸番さん」

と、壱郎太はあらためて視線を杢之助に据え、

「棚ぼたのさっきおっしゃった五十両なんざ、どこからどう湧いたか知りやせんが、お上《かみ》の手に渡ったからにゃ、もう執着《しゅうちゃく》する奴なんざおりますめえ」

自分たちのことを言っている。どうやって得たお宝か知らないが、もうあきらめたようだ。

(それでいい)

杢之助は内心思いながら、

(それなのにおめえら、儂《わし》にまだなんの用がある)

そこに興味を持った。

壱郎太は応える。

「江戸府内じゃ、木戸番小屋はどの町でも〝生きた親仁の捨て処〟なんぞになっちやおりやすが……。おっと、あっしが言ったんじゃありやせん。世間がそう言ってるもんで、へえ」

愛嬌《あいきょう》を示すように、頭をぴょこりと下げた壱郎太に杢之助は、

「あははは、そのとおりだぜ。身寄りのねえ年寄りの捨て処さ。儂も泉岳寺《ここ》に来るめえは江戸府内で何カ所か木戸番小屋に住まわせてもらったが、そうだったから、

儂でも務《つと》まったのさ。現在《いま》もそうだぜ」

「滅相《めっそう》もありやせん。江戸府内でも木戸番さんを……？　さようですかい。で、どちらの町で？」

壱郎太は杢之助の以前に興味を示した。

杢之助は返した。

「おいおい、壱郎太どん。年寄りの以前を探るようなまねはよしねえ。儂の以前なんざ探っても、なあんも出てこねえぜ。おめえたちゃ、この町ですこしは探りを入れたようだが、儂ゃむかしは飛脚だ。聞かなかったかい。とくに東海道《とうかいどう》はよう走ったぜ」

「え、さようで。どおりで足腰がお達者なようで。ほかに何か」

「壱郎太どんよ、さっきも言ったろう。人を探るようなことは訊くなって。おめえさんだって以前を訊かれりゃ、困ることがあろうよ。それともおめえ、以前よりも現在《いま》なにやってるって訊かれたほうが応えにくいかい」

言ってから杢之助は、

（まずいっ）

思ったが、もう遅い。つい壱郎太の雰囲気に興味を持ち、からかう気分が過ぎた

ようだ。勘の鋭《するど》そうな壱郎太を相手に、

――おめえと同業だぜ

言ったのとおなじだ。壱郎太ばかりか、手下の三郎太も感じるものがあったのか、杢之助を見つめ緊張した姿勢になったようだ。壱郎太の引き締まった風貌《ふうぼう》に白雲一味のころの自分を重ね、警戒しなければならないところを、瞬時とはいえ逆に親しみを寄せてしまったのだ。人目がなければ、この場でポカポカと自分の頭を叩きたいところだ。

木戸番小屋は緊張している。壱郎太はながれ大工の仙蔵とおなじく杢之助に得体の知れないものを感じ取ると、やはり仙蔵とおなじように畏敬《いけい》の念を覚えたのかも知れない。それが挙措《きょそ》にも言葉遣いにもあらわれている。

杢之助は困惑を隠し、話をもとに戻した。

「ともかくよ、おめえさんらがさきほど知りたがっていた、棚からぼた餅の話よ。さっそく町内に動きがあったので、確かめに町役さんの家まで行ったのよ。ようすはいま言ったとおりさ」

「さすがは木戸番さんで、詳《くわ》しゅう聞かせてもらいやした」

「だったらおめえら、もうこの町に用はねえんじゃねえのかい」

壱郎太は返した。

「いえ。あっしが知りてえのは、棚ぼたのうわさもそうでやしたが、それよりもいまじゃ門前町《こ》の木戸番さんの仕事、大変だろうと……。そんなことまで知りとうなりやして」

と、すり切れ畳に腰を据えなおした。

（なんなんでえ、おめえは……？）

杢之助は壱郎太の胸中を量《はか》りかねた。

壱郎太は言った。

「ここは町中《まちなか》の木戸番小屋と違《ちご》うて街道《けえどう》に面しており、そのほうにも気を遣《つか》いなさるんでしょうなあ」

（こやつ、なにが言いてえのだ）

思いながら杢之助はまじめに返した。

「街道はいろんなお人が通りなさらあ。それがどうかしたかい。もっとも、こっちの通りに入《へえ》って来なさる人がありゃあ、町に揉め事を持ち込まねえかどうか……、見分けるのも木戸番人の仕事さ。泉岳寺さんへの参詣だけの人ならホッとするが、そうでなきゃけっこう気になるぜ。おめえさんらもそうだった。みょうなことを訊きやがってよ」

「へえ、すいやせん。あっしも気になりやしたぜ、この町の木戸番さん、どんなお人かって。世間の言う〝生きた親仁の捨て処〟なんざ、とてもとても」

「いってえ、おめえ、なにが言いてえ」

杢之助はいくらか苛《いら》ついた。

壱郎太はつづけた。

「へえ、町だけじゃのうて街道《けえどう》まで、大変《てえへん》なことと思いやして」

「だからどうだっていうんだ。おめえらにゃ関係のねえことだぜ」

「そりゃあそうでやすが、ほんと大変でごぜえやしょうねえ」

壱郎太はなかなか腰を上げようとしない。なおも話をつづける。

「しかも街道の向こうは、すぐ海じゃねえですかい。それも品川とお江戸を結ぶ袖《そで》ケ浦《がうら》ときてまさあ。船のお人らにとっちゃ、海の東海道でござんしょう」

袖ケ浦には大きな帆を張り九州や大坂から来た船や、品川と江戸を往来する小さな帆に手漕ぎの舟も行き交《か》っている。

「なるほど、海の東海道か。うめえこと言うじゃねえか」

「木戸番さん、そのほうには気を配っちゃおりやせんかい。沖を行くだけの大きいのはともかく、近くの浜に乗り上げ、人や荷の積み降ろしをする舟にゃ気を遣いなさらねえのかい。どんな荷を積んで、いかな人らが乗り降りしているかって」

李之助は陸《おか》の木戸番人であっても、海が目と鼻の先とあっては、やはり気にとめている。風の強い日などは心配して浜に出て、沖に視線をながしたりする。

だが訊いているのは、李之助をわけありの以前を持つ人と見なしているかも知れない壱郎太だ。木戸番人への親切や思いやりで言っているのでないことは、端《はな》から分かっている。

(そうかい。おめえ、手下二人を率い、袖ケ浦の浜を舞台になにかたくらんでいやがるのかい)

李之助は判断した。

そうとなれば、

(なにをしようとしてやがる)

気になる。

言った。

「普段、見ているのは街道までだ。浜のほうまでは手がまわらねえ。じゃが、気は配ってるぜ。昼でも夜でもなあ。ここにいりゃあ、波の音はすぐ近くだ。そこへ人の声でも混じりゃあ、ちょいとのぞいてみたくもならあ」

「夜なら、なにも見えねえんじゃござんせんかい」

壱郎太はかなりしつこく問う。まるでなにかの探《さぐ》りを入れているようだ。

そのようすから杢之助は、壱郎太が浜を舞台になにごとかたくらんでいることに確信を持ち、誘い水を向けた。

「見えなくっても、のぞいてみなきゃ気がすまねえ。それが木戸番てえもんだ」

「ほう。見えなくってもですかい」

「木戸番人の仕事の癖《くせ》とでもいうか、気分の問題だ。そうそう、浜で一度、手を貸したことがあったなあ。昼間だが」

「どんな」

壱郎太は関心を持ったように問う。

杢之助は語る。

「ありゃあ一月《ひとつき》ほどめえだった。泉岳寺の荷が浜に揚げられ、一度番小屋《こや》に入れてからお寺に運んでよ。儂もちょいと手伝わせてもらった。お寺さんの仕事だ。金《かね》にゃならねえが、気分的にいいもんだぜ」

「ほう。頼まれりゃ浜の仕事にも手を貸しなさるか」

「そりゃあ頼まれりゃな」

「それがお寺さんの手伝いじゃのうて、銭《ぜに》になりゃあどうしなさる」

「ほう、銭に？」

「なりまさあ。木戸番さん、言っちゃあなんだが、もうけっこうなお歳《とし》だ。だが、ここで朽《く》ちるにゃあ惜しい人とお見受けしやすぜ。体は動かしているほうが長生きしまさあ」

「ははは、力仕事はご免だぜ。泉岳寺さんの手伝いもそうだった。この部屋で荷を数えたり確かめたりしただけでな」

「あはは。木戸番さんに力仕事なんざさせやせんや。ここで凝《じ》っとしていてくれるだけでいいんでさあ」

「それで銭になるのか」

「場合によっちゃ」

「ほう、ほうほう」

杢之助は色気があるように返した。

壱郎太はそれを確認したか無言でうなずくと、ようやく腰を浮かし、立ったままの三郎太に、

「話は決まった。ここにゃ、また来させてもらうことになるぞ」

「へえ」

三郎太はうなずき、壱郎太は杢之助にふり返り、

「そういうことでさあ。近いうちにまた面《つら》を出させてもらいまさあ」

「おう、待ってるぜ」

杢之助は返した。ねぐらはどこか訊かなかった。訊いても適当にはぐらかすことは分かっている。訊かなければそれだけ壱郎太は安心し、心置きなく木戸番小屋に出入りできるというものだ。

外に出た二人の背が、すり切れ畳の上から見えなくなると、やおら腰を浮かし下駄をつっかけた。お千佳は店の中に入っているのか、声をかけてこない。

そっと街道に出て高輪大木戸のほうへ目をやると、二人の背が見えた。

(そうか。府内を逃れて大木戸の内ということはあるまい。やっぱり大木戸と門前町《ここ》のあいだの車町にねぐらを置いてやがるか)

思うとすぐ番小屋に戻った。

ふたたびすり切れ畳に腰を据え、

(車町は町内とおなじだぜ。あんなのがそこにわらじを脱ぎやがったのは、ちと気

分が悪いが、おもしろくもあるぜ。いってえあいつら、なにをやらかそうとしてやがんだ）

胸中に念じた。

街道に歩を踏みながら、壱郎太は言っていた。

「おめえも感じたろうが、あの木戸番、以前は飛脚だけじゃあるめえ。俺がじっくり声をかけりゃあ、ものになりそうだぞ」

「へえ、そのようで」

三郎太はうなずいていた。

二

翌日、朝方だった。

「木戸番さん、きょうはこっちの坂道からやらせてもらいやすぜ」

木戸番小屋に若い男の声が入った。

腰高障子はすでに開けられているが、声だけでも誰だかすぐ分かる。番小屋にはおなじみの声だ。

馬糞《ばふん》集めの嘉助《かすけ》だ。ということは、耕助《こうすけ》と蓑助《みのすけ》も一緒のはずだ。十七歳の嘉助を筆頭に十六歳、十五歳とつながっている三人組である。名は似ているがいずれも本名で、壱郎太たちのように三人つるんでから勝手につけた名ではない。東海道の西のほうから郷里を捨て、三人一緒に江戸へながれて来たのだ。

杢之助が門前町の木戸番小屋に入るまでは、どの町でもやっかいな嫌われ者だった。車町で木賃宿《きちんやど》を兼ね無宿《むしゅくもの》者のたまり場になっていた二本松《にほんまつ》一家に引き取られ、街道で不意に往来人に因縁をつける荒稼《あらかせ》ぎを杢之助に見咎《みとが》められ、足さばきの早業《はやわざ》で痛めつけられ、そこから三人の境遇は一変した。

車町の海浜《かいひん》には船の荷揚げ場が数カ所あり、町には大八車《だいはちぐるま》の荷運び屋が多く、だから車町との名がついたのだが、町内で馬や牛を飼っている家が多く、往還《おうかん》には他の町よりも牛糞《ぎゅうふん》や馬糞が多く落ちていた。二本松一家の親方である丑蔵《うしぞう》に、

「おめえら、ふざけた稼業はいい加減にしろい」

と、勧《すす》めるというよりあてがわれた仕事が、近辺の町々での牛馬糞集めだった。町々の商家からは礼金がもらえるし、田畑の肥やしになったり、乾《かわ》けば燃料として売れた。なによりも三人の元やっかい者は、町々の住人から感謝され、三人が竹籠《たけかご》を背負い町をながすだけで喜ばれ、ねぎらいの言葉をかけられた。三人にとって、

これまで知らなかった生き方である。そのきっかけをつくってくれたのが、泉岳寺門前町の木戸番人の杢之助だったのだ。

「おぉう、そうかい。ここ二、三日、来なかったじゃねえかい。門前町の通りも牛や馬の落とし物がけっこう目立ってやがらあ。町のお人ら、おめえらの来るのを待ってたようだぜ」

顔を上げて言う杢之助に嘉助は、

「ここんとこ、大木戸の内側で街道ばかりか、あっちこっちの枝道や路地まで頼まれやして」

「それでついこっちが気になりながらも来られなかったので」

耕助がつづけ、蓑助がしきりにうなずいている。

若い三人が一体となっている、いつもの微笑《ほほえ》ましい姿だ。

「それできょうかい。みんな喜びなさらあ。行ってきねえ、行ってきねえ」

すり切れ畳から腰を浮かせて返した。杢之助も通りのあちこちに見る落とし物が気になっていたのだ。

「あらあ、来てくれたのね」

さっそく通りから住人の声が聞こえてきた。そば屋のおかみさんのようだ。

すり切れ畳の上で、杢之助はふと思い出したようにつぶやいた。

「あの三人のねぐら、二本松一家だったなあ」

車町で無宿者にとって居心地のいいのは、二本松一家の木賃宿だ。街道から坂の上に大きな二本松が見え、それが木賃宿の目印になっている。だから二本松一家と人から呼ばれているのだが、そこで〝旦那〟ではなく〝親方〟と呼ばれている丑蔵は、渡世人ではなく背に彫り物もないが、男気《おとこぎ》があって名のとおり大柄で、四十がらみの働き盛りで貫禄のある人物だ。

本人は嫌うが〝貸元《かしもと》〟などとも呼ばれている。木賃宿の部屋で賭場《とば》を開いているのだ。しかしそこには丑蔵の目が光っていて、一両、二両の大金は絶対に賭《か》けさせない。一文銭《いちもんせん》から始まり、多くてもせいぜい四文銭《しもんせん》どまりだ。つまり木賃宿に泊まっている者や町の若い者に一家で小博奕《こばくち》を打たせ、府内の賭場に入りびたって身を持ち崩させないようにするためだ。だから一家の玄関前を通り丁半《ちようはん》の声が聞こえてきても、町の住人で顔をしかめる者はいない。

杢之助はこの丑蔵を、

（この世にゃ、こういう人も必要）

と思い、丑蔵も杢之助を、

（ただの木戸番じゃあるめえ）

と、見ている。李之助が壱郎太を見るなり、堅気《かたぎ》ではない臭《にお》いを嗅《か》ぎ取ったように、李之助も見る者が見れば、それらしいものを感じるのだろう。ながれ大工の仙蔵も、そうした眼を持つ一人だ。だから李之助は、奉行所や火盗改の役人と直接向かい合うことを、極度に恐れているのだ。

壱郎太どもが二本松一家にわらじを脱いでいるなら、

（こりゃあ、やつらの動きが調べやすくなるぞ）

思い、一人うなずいた。

嘉助たちは乾いた牛馬糞を挟み棒で背の竹籠に入れながら坂道を上る。脇道にも入る。下りて来て他の町へ向かう。まだ新しい落とし物は挟み棒で脇へ寄せ、乾いたころ回収に来る。

泉岳寺山門の門竹庵の前まで行って帰って来るまで、そう時間はかからない。街道に出るとき、また番小屋に声を入れるだろう。

（そのとき呼びとめ……）

李之助は思い、視線を外に投げたそこへ、

「またちょいと、じゃまさせてくだせえ」

声とともに腰高障子のすき間に人影が立った。大工道具を担いだ仙蔵だ。

「おおう、仙蔵どん、どうしたい。きのう午過《ひるす》ぎか夕刻にもまた来ると思うて待っておったが、きょうになったかい」

「大工仕事がつい忙しゅうて、足を向けられやせんでした。あれから逃げた盗っ人どものことで、なにか新しいうわさでもありやしたかい」

大ありだ。棚から小判のぼた餅が出て解決済みである。町方が逃がし、火盗改が探索している壱郎太たちが門前町に足跡を残し、しかも二度も木戸番小屋に来ているのだ。それを仙蔵に語るかどうか、杢之助はまだ決めていなかった。

とっさに判断した。

（伏せる）

棚からぼた餅の話を仙蔵が嗅ぎつけたらどうなる。杢之助はこれを指物師の女房お勝が町役総代の門竹庵細兵衛に直接相談したこととして、町内でうまく収めた。だが火盗改密偵の仙蔵にすれば、そこに探索している盗っ人の足跡が慥《しか》とあり、三田寺町の捕物好きの旦那に報告し、門前町に密偵の数を増やし本格的な探索に入るだろう。棚からぼた餅の件に最も深く係り合っているのは、杢之助なのだ。火盗改の密偵たちが捜索すれば、そこに気づかないはずはない。門前町の木戸番小屋に火盗改は詰所を設け、杢之助は案内役として火盗改の与力や同心と直接相対することになる。避けねばならない。

（仙蔵どんに壱郎太たちの存在を知らせてやるのは、別の件が持ち上がったとき。それに関連して名を出そう）

そう胸中に決めたのだ。杢之助の脳裡にある〝別の件〟とは、すでに壱郎太が袖ケ浦の浜を舞台になにやら画策《かくさく》しようとしている件のことだ。

「大工仕事で忙しかったたあ、なによりじゃねえか。盗っ人がこの町に隠れていねえかってうわさだが、やはりここにはながれて来ねえ。そんなうわさなんざ、ねえほうが儂にゃありがてえんだがなあ。ま、聞けばきのうも言ったとおり、すぐおめえに知らせてやらあ」

「やはりながれちゃいねえですかい。なにぶん大木戸での取り逃がしも、まったく目立たねえように町方が処理しやがったからなあ。逃げるほうもうまく逃げ果《おお》せたのでやしょう。困ったことで」

と、仙蔵もやはり火盗改の人間か、似たような役務《えきむ》の奉行所をあまりよく思っていない。

「ま、これからもちょくちょく来させてもらいまさあ」

仙蔵はすり切れ畳に下ろしたばかりの腰を上げた。

「おう、そうするかい。いつでも来《き》ねえ」

杢之助は引きとめなかった。

仙蔵が道具箱を肩に外へ出ると、杢之助はひと息ついた。嘉助たちが坂上に向かったばかりだったから、仙蔵と鉢合わせになる心配はなかったが、それでも気になる。もし仙蔵がいるときに嘉助たちが戻って来たなら、壱郎太たちの名がそこに出るはずだ。


嘉助たちが門前通りでの仕事を終え、また坂下に戻って来たのは、仙蔵が帰りしばらく経てからだった。嘉助たちは仕事途中で木戸番小屋に顔を出すとき、いつも背の竹籠を木戸番小屋横の広小路の隅に下ろしている。いかに木戸番小屋といえ、牛や馬の落とし物を入れた竹籠を、腰高障子の前に三つもならべておくのは気が引ける。

身軽になった嘉助たちが木戸番小屋に声を入れようとすると、

「あーら、お三人さん。きょうは朝からこの町に来てくれてたのね」

と、お千佳が声をかけてきた。三人衆が来たときはまだ向かいの日向亭は縁台をおもてに並べておらず、お千佳も店の中にいた。いまは出しており、すでに泉岳寺への参詣人も見受けられる。

「へえ、まあ」

と、嘉助が三人を代表して、いくらかはにかむようにあいさつを返す。

当初お千佳は、三人衆を毛嫌いしていた。悪党で町々の嫌われ者だったからだ。だが三人が二本松一家に預けられ馬糞集めを始めてからは、すっかり打ち解けた。歳も近く話も合うようだ。話すとき、お千佳も三人衆も楽しそうだ。

木戸番小屋の中から杢之助が三人衆に声をかけた。

「おめえたちが戻って来るの、待ってたぜ。ともかく入《へえ》んねえ」

三人衆よりも、お千佳が返事をした。

「あら、番小屋に寄っていくのね。じゃあ、あとで」

三人衆が来たとき、帰りは日向亭の縁台で休み、お千佳がお茶を出す。もちろん茶代を取ったりしない。町を掃除してくれる三人衆への、茶店のあるじ翔右衛門の配慮なのだ。

三人衆は木戸番小屋の狭い三和土《たたき》に入り、

「木戸番さん、あっしらになにか話でも？」

嘉助が意味ありげに応えたのへ耕助が、

「話なら、あっしらのほうからも」

と、さらに気になるようなことを言い、蓑助もうなずき兄貴分二人につづいてすり切れ畳に腰を据えた。三人が上体をねじって杢之助のほうへ向くと、膝がこすれ合うほどになる。

「上がんねえ」

杢之助が言うと、嘉助がすり切れ畳に上がってあぐらを組み、座にいくらか余裕ができた。

いつもなら三人衆は向かいの縁台にしばし座って行くのだが、きょうはお千佳より杢之助から声をかけられたかたちになったのだ。

「おめえたちにちょいと訊きてえことがあってなあ」

杢之助が言うと、

「へえ」

「あっしらも」

と、さきほどに似た会話が繰り返された。

杢之助はつづけた。

「三十がらみの、けっこう締まった感じの野郎で、番小屋《こや》に来たときにゃ壱郎太と名乗っていたが、本名かどうかは知らねえ。もう一人は……」

「二十歳《はたち》前後で三郎太さんといい、名前のとおりまるっきり壱郎太さんの弟分みてえな……」

嘉助がつないだ。

杢之助は得心したように、

「ほっ、やっぱり二本松にわらじを脱いでたかい。それをおめえらに訊きたかったのよ。で、おめえらが儂に話したいってのは、そのことかい」

「そのとおりで。実は木戸番さん。その壱郎太さんと三郎太さんが二本松の木賃宿に入《へえ》ったのは、三日ほどめえのことでやして」

と、嘉助は語る。木賃宿に遊び人風の男二人が入り、それが壱郎太に三郎太と名乗ったという。

木賃宿とは素泊まりの宿屋で、食事は燃料の薪《まき》を宿から買って自炊《じすい》する。だから木賃宿というのだが、客には行商人や出職《でじょく》の者が多く、宿無《やどな》しの日傭取《ひようとり》や無宿者もいる。そこに遊び人風がいてもおかしくない。ただ周囲と異なるのは、兄貴分と弟分の関係がはっきりしすぎ、まとまりがよすぎることだった。そのようすから、

単なる遊び人ではなく、

（こいつら、陰《かげ》でなにか……）

と、気にとめる者がいても不思議はない。丑蔵もそう感じたはずだ。だが、近辺でやくざの争いや空き巣の話など聞かない。高輪大木戸での捕物の話が伝わってきていたなら気づいていたかも知れないが、木戸番小屋とおなじく二本松一家にも、なにも伝わってきていなかった。

「二本松の親方《うち》は、その二人を単なる泊まり客として扱っているようでして」

また嘉助が言ったのへ、一番若い蓑助が肯是《こうぜ》のうなずきを入れ、

「おととい夕方でやした。その二人にもう一人、壱郎太さんの子分みてえのが訪ねて来やした。泊まっていくのかと思うたら、陰でなにやらヒソヒソ話で、すぐ帰《けえ》って行きやした」

杢之助はまだ会っていないが、そやつがおそらく次郎太だろう。感じるところがあった。三人つるむより別のところにねぐらを置いているようだ。なにか思惑《おもわく》があるのか用心深いのか、気になる三人組である。

嘉助ら若い三人衆を探索の手足に使いたくないが、

「どんな話をしていたい」

と、軽く問いを入れたのへ、蓑助が応えた。

「断片的に、それもほんの一言《ひとこと》か二言《ふたこと》しか聞いちゃおりやせん。札ノ辻《ふだのつじ》の干物《ひもの》問屋のめかけがどうのって、それだけでさあ。札ノ辻というから、大木戸をご府内に入《へえ》った田町《たまち》四丁目のあたりでやしょう。これがなにかお役に？」

「いや。まあ」

杢之助はあいまいに返したが、〝田町の干物問屋のめかけ〟というのが、みょうに頭に残った。

それよりも杢之助が関心を寄せたのは、壱郎太たち三人組の内面がおぼろげながらも見えてきたことだ。

「そやつら三人なあ。いやいや、おめえたちのようなおなじ在所から出て来た気の合う三人という組み合わせじゃねえ。おめえらも気づいたように、なにやらうさんくさそうな集まりだ。おととい二本松に訪ねて来たってえのは、次郎太って名の男だろう。壱郎太がその名を口にしておったから」

「ぷっ」

耕助が思わず吹き出し、蓑助も手で口を押さえた。

杢之助は、

「儂も三人の名を聞かされたときにゃ、富くじの連番を思い起こし、内心吹き出したぜ。で、おめえらがやつらのことを儂に話そうとするのは、なにか理由《わけ》があってのことだろう。聞かせてもらおうじゃねえか」

と、さきをうながした。

「そう、それでさあ」

一番兄貴分の嘉助が応じ、

「さっき蓑助が言ったもう一人の子分みてえの、次郎太ですかい。その人がいずれかへ帰《けえ》ってからでさあ。壱郎太さんと三郎太さんが俺たちのところへ来て、ちょうど晩めしの用意をしているときでやした」

耕助と蓑助がまた肯是《こうぜ》のうなずきを入れる。

嘉助はつづけた。

「その二人、俺たちに木戸番さんのことを、しつこいほどなんだかんだと訊きやがるんでさあ」

「ほう、おととい夕刻なあ。で、しつこいほどたあ、どんな」

壱郎太が沖の舟などを引き合いに出し、杢之助になにやら合力《ごうりき》を持ちかけてきたのはきのうだ。その前日の夕刻の話になる。

すでに壱郎太は杢之助の尋常ならざるものを看《み》て取っており、木戸番小屋の日常のようすを馬糞集めの三人衆に質《ただ》したのだろう。きのう杢之助に合力を誘いかけたのは、その結果とも言えそうだ。

「ともかく、まあ、訊かれたので話しやした。あそこの木戸番さん、歳《とし》に似合わず達者なお人で、不思議な足技まで使い、下手《へた》なやくざ者なんざ即座に蹴り倒し、それでいて町の住人への面倒見がよくて……」

「待て、待て。買いかぶりもいいとこだぜ。余計なことは言うんじゃねえ」

「ほんとじゃござんせんかい。俺たちがいまこうして町のために働かせてもらっているのも、木戸番さんのおかげですぜ」

耕助がつないだのへまた蓑助が、

「うん、うん」

と、相槌を打つ。

おそらく壱郎太と三郎太は二本松の木賃宿だけじゃなく、門前通りのそば屋などでもおなじ探りを入れ、足技はともかくおなじようなことを聞いたのだろう。そのうえで壱郎太は直接値踏《ねぶ》みもし、

(よし、この木戸番人を仲間に)

と、決めたのだろう。

お千佳が、

「さあさあ、お待たせ」

と、杢之助の分も含め、四人分のお茶を運んで来た。

「これ、日向亭《うち》の旦那が三人さんにって」

盆に角が欠けたり割れたりしたせんべいを盛り合わせている。商品にはならないが傷《いた》むものではなく、茶店にはこれがけっこう出る。

「うひょー、ありがてえ」

十五歳でまだ子供心が残るのか、せんべいに蓑助がまっさきに声を上げた。

お千佳が来ているあいだ、杢之助は話を中断した。壱郎太たちのことは、まだどう進み、なにが潜んでいるか分からない。当面はとりあえず一人で対処し、ようすを見たいのだ。

茶店の日向亭は、街道に面した出入り口は車町であり、もう一方の出入り口は門前町の通りに口を開け、木戸番小屋と向かい合っている。それであるじの翔右衛門は、門前町と車町の町役を兼《か》ねている。車町にねぐらを置いた壱郎太たちが、門前町の木戸番人を巻き込み、車町か門前町の浜を舞台に、なにごとかをたくらんでいる。門前町の木戸番小屋にとって、これほど重宝な町役はいないだろう。

壱郎太たちが茶店のお千佳に、杢之助について聞き込みを入れたようすのないのがさいわいだった。茶店と木戸番小屋は一体といえるほどに近いから、かえって壱郎太も三郎太も怪しまれる聞き込みはひかえたのかも知れない。もしお千佳にも聞き込んでいたなら即座に翔右衛門の耳に入り、いまごろ嘉助たち三人衆ではなく翔右衛門が木戸番小屋に来て、杢之助に変わったことはないか質《ただ》していただろう。

お千佳に縁台の仕事が入り、

「また縁台のほうにも来てくださいね」

愛想よく言うと、早々に番小屋を引き揚げた。

杢之助は問いを再開した。

「二本松の親方さんは、壱郎太たちをどう見てなさる。おととい壱郎太が儂についてて訊いていたことは話したかい」

「いえ、まだ」

と、一番若い蓑助が応え、つぎに耕助が、

「ここ数日、親方とゆっくり話す機会がなかったもんで」

「ただ壱郎太さんの木戸番さんに関する問いがしつこく、尋常ではねえと気になったもんで、へえ」

と、最後に嘉助が締めくくるように言った。

杢之助は返した。

「よう知らせてくれた。儂も壱郎太、次郎太、三郎太などと、富くじみてえな名のやつらのことが気になっておってなあ。もっとも、この木戸番小屋に訪ねて来たのは一と三だけで、二の次郎太はまだ知らねえがな」

「あはは。一と二と三ですかい。なにかお役に立てやしたような。これからも気をつけておきまさあ」

言う嘉助に杢之助は、

「ああ、頼まあ。したが、普通につき合うだけで、探りを入れるようなことはするな。なにごとも自然のままにな。それにおめえたち、機会がありゃあこのことを二本松の丑蔵親方にも話すだろう」

「たぶん、きょうあすにも。親方も木戸番さんのこと、気にかけているようでやすから」

耕助が言い、嘉助も蓑助も肯是《こうぜ》のうなずきを見せた。

「あはは、あまり気にしねえでくれと言っておいてくんな。せんべえ、余ってらあ。

せっかくお千佳坊が持って来てくれたんだ。持って帰《けえ》んな」

「へえ」

蓑助がまとめてふところに入れた。

「きょうはこのあと、こちらの街道筋をながさしてもらう算段で」

嘉助が言い、外に出た。

「また来てくださいね」

お千佳の声が聞こえた。これで門前通りの坂道をはじめ、近辺の街道筋も歩きやすくなるだろう。

杢之助はふたたびすり切れ畳に一人となり、

「ふーっ」

大きく息をついた。壱郎太たちが、杢之助にとっては身近に感じる二本松一家にわらじを脱いでいたことへの軽い驚きと、盗っ人どもが嘉助たち若い三人衆を仲間に引き込もうとしていないことへの安堵《あんど》の息である。

間断なく聞こえる波音に思えてくる。

（やつら、浜を舞台に……、あるいは舟の通る沖合も含めてか……。いってえ何をたくらんでやがる）

さらに、

(翔右衛門旦那や二本松の丑蔵親方にまで、相談しなきゃならねえ事態になりゃあ、棚から小判のぼた餅以上にコトだぜ。棚ぼたは細兵衛旦那がいてくだすったから、なんとか平穏に収まったが……)

つぎの事態は、まだなにも見えてこないのだ。

三

杢之助はすり切れ畳の上で、浜辺からの波音を聞いている。さきほど嘉助たち若い三人衆から、壱郎太と三郎太が二本松一家の木賃宿に入り、三人目が確かにいることを聞いたばかりだ。

落ち着かない。落ち着けるのは、壱郎太ら三人組のたくらみの内容が明らかになったときだろう。全容さえ分かれば、俄然《がぜん》杢之助はくわだて粉砕《ふんさい》に向かって走り出せるのだ。

(来いよ。儂がいま一番歓迎したいのは壱郎太、おめえだぜ)

思うと同時に波音が一段と大きく聞こえた。

太陽がそろそろ中天にかかろうとしている。

「おっ、あれは」

杢之助はすり切れ畳の上で、腰を浮かせた。

いま街道から門前通りの坂道に入った職人、指物師の彦市だ。大木戸のほうから戻って来て門前通りに入ったようだ。この時分、出かけるなら分かるが、

（帰《けえ》って来るとは……、どこから？）

それに、道具箱を担いでいない。

「おーう、彦市どん。どうしなすったい」

杢之助はすり切れ畳の上から声をかけた。

彦市は足をとめ、

「ああ、木戸番さん。聞いてくだせえ。まったくわけが分からねえ」

言いながら木戸番小屋に近づいて来る。なにやら不満を抱えているようだ。

「どうかしたかい。それに仕事は出職で品川のほうじゃ。大木戸のほうから帰《けえ》って来なすったようだが」

「そのことでさあ。腕を買ってくれたのはありがたかったんだがよ」

「なにかあったようだなあ。まあ、座んねえ」

言いながら敷居をまたいだ彦市に、杢之助はいつもの仕草ですり切れ畳に座るよう勧めた。

言われるまま彦市はそこに腰を据えた。杢之助に声をかけられたのが誘い水になったか、仕事のことでなにやら愚痴《ぐち》をぶちまけたいようなようすだ。

杢之助もいま、壱郎太のたくらみの件で落ち着きを失っており、別件を聞けばかえって気晴らしになるかも知れないと思った。

「きょうから品川とばかり思ってたぜ。それがどうして大木戸のほうから」

「品川はあしたからだ。せがれの市助を連れ、三、四日、普請場近くの木賃宿に泊まり込みよ」

「ほう。それはそれは」

杢之助は返した。女房のお勝が反対した理由は、とっくに霧消《むしょう》しているのだ。

「それで品川のつぎの普請場として、ご府内からも声がかかってよ。以前に一度仕事をさせてもらったお店《たな》の口利きでよ。ありがてえ話と思って、きょうその打ち合わせに行ったのよ。高輪の大木戸を入《へえ》った、田町四丁目の札ノ辻さ」

「そりゃあ通いは無理だなあ」

「そうさ。もうすこし先に行きゃあ、増上寺のにぎわいが聞こえて来ようかってところで、また木賃宿になりまさあ」

「ああ。あのあたりなら、そのほうがやりやすかろうなあ」

「その段取りもあって、きょう朝早《はよ》うにそのお店に行ったのさ。土地《ところ》の大工《でえく》も来てなあ。するとどうでえ、もういいなんてぬかしやがってよ。大工も驚いて憤慨《ふんがい》してやがったぜ」

「仕事を頼んでおいて、打ち合わせに行くと、もういいってか。田町四丁目って言ったなあ。その町の、なんてえお店でえ」

「海道屋《かいどうや》だ。あの界隈じゃ、ちょいと見栄《みば》えのする干物問屋さ」

「えっ」

思わず杢之助は声に出した。

江戸開府のころは田町までが江戸で、いまの四丁目あたりに大木戸があった。その後、大木戸は高輪に移って田町四丁目には高札場が残り、街道にしてはちょっとした広小路となり、そこに人出も多く〝札ノ辻〟と呼ばれるようになった。

ついさっきではないか。馬糞集めの蓑助が、三人組の壱郎太、次郎太、三郎太がヒソヒソ話で、

――札ノ辻の干物問屋

と、話していたと語ったばかりだ。

聞いていてみょうに引っかかったが、それではないのか。

しかも、

――めかけがどうのって
〝めかけ〟がヒソヒソ話に出てくれば、本妻との揉め事に違いないだろう。しかも話していたのは、盗っ人の壱郎太たちだ。

(門前町の浜でなにごとかたくらんでいる内容と、係り合っているかも知れねえ)

漠然《ばくぜん》と思ったのではなく、慥《しか》とそれを感じた。

「木戸番さん、どうかしなすったかい」

ほんのわずか視線を宙に泳がせた杢之助に、彦市は問いかけた。

「いや、ちょいとな」

杢之助は返し、

「いちど頼んだ仕事をいきなり反故《ほご》にするなんざ、その海道屋さんとか、のっぴきならねえ揉め事でも持ち上がったのかも知れねえぜ」

「それさ、木戸番さん」

彦市は座りなおすように腰を動かし、

「俺《おり》ゃあ納得がいかず、海道屋の番頭に理由《わけ》を説明してもらいてえと、強く迫りやしたよ」

「で……？」

彦市は言った。

「奥向きのことだから、よそさまにゃ言えねえなどとぬかしやがるのでさあ」

「番頭さんがかい」

「そうさ。仕事は全部、番頭さんが仕切ってなすったからよ」

杢之助は盗っ人の壱郎太たちが〝札ノ辻のめかけ〟についてなにやら語っていたらしいことは伏せ、

「よほど奥向きの事情らしいなあ。お手代《てだい》さんか女中さんあたりから、なにか聞かなかったかい」

「ああ、帰りしな奥向きの女中さんが声をかけてくれてよ。仕事の段取りに来て、手ぶらで帰される俺に同情してくれたのよ。同情より仕事が反故にならねえよう、奥方に口利きでもしてくれたほうがありがてえのによう。聞きゃあ、それもできねえような事情みてえだったたい」

かなり複雑なようだ。そこに盗っ人の壱郎太どもが絡《から》んでおり、壱郎太は門前町の浜を舞台に、なにごとかをたくらんでいる。

(いよいよ捨ておけねえ)

杢之助の心ノ臓が動悸《どうき》を打つ。

「どんな事情でえ」

訊《き》いた。

彦市は応える。

「それが奥向きも、そのまた奥の話らしくってよ」

「だから、どんな」

「奥の部屋にゃ奥さんと子供がいて、外におめかけさんがいてそこに子ができ、引き取るのどうのと話がこじれ、それで部屋の飾りつけや調度品の準備があとまわしになっちまったってよ」

「なるほど、内輪の揉め事が収まれば、大工や指物師にまた声がかかるってえ寸法かい」

「分からねえ。女中さんとはほんの立ち話で、これ以上のことは聞いちゃいねえ。ともかくこたびの仕事はなくなっちまったってことさ」

「そうだなあ。それだけじゃ、話がいつどのようにまとまるのか、このままいつまでも揉めつづけるのかも知れねえからなあ」

「ま、そういうことさ。ああ、田町の札ノ辻から気分がイライラしてたのが、ここで話してすっきりしたぜ。さあ、あしたから三日か四日、泊まりがけで品川の仕事でえ」

言うと彦市は腰を上げた。

「おぉう、品川の仕事、がんばんねえ。せがれさんと一緒で、いい仕事ができるだろうなあ」

「ああ、そうなりゃあいいんだがなあ。ともかく府内の札ノ辻のふざけた話、聞いてくれてありがとうよ。すっきりしたぜ」

言いながら彦市は敷居を外にまたいだ。

杢之助はその背を見送り、

（商家の内輪もめに、壱郎太め、いってえなにを絡んでやがる）

大木戸向こうの話なら、府内の単なる世間話として放っておけばいいのだが、その揉め事に泉岳寺門前町の沖合か浜が関わっているかも知れないとあっては、防ぐにも潰《つぶ》すにも、係り合っている人らのようすを、

（詳しく知らにゃならねえ）

まずは壱郎太たち盗っ人どもに目をつけられるような海道屋のようすだが、女中から立ち話で聞いただけの彦市は、さきほど語った以上のことは知らないだろう。だからといって彦市をまた聞き役として、海道屋に送り込むことなどできるはずがない。

（嘉助たち……）

思ったが、すぐ打ち消した。嘉助たち若い三人衆は大木戸の内側も仕事場として出向き、街道沿いの住人に喜ばれている。だが田町四丁目まで馬や牛の落とし物拾いはちと遠い。

いた。町場のうわさを集めるには格好の逸材《いつざい》だ。田町四丁目どころか、その先の増上寺近辺にまでよく出張《でば》っている。杢之助はその二人からいつも町々のようす、さらには世の動きまで聞いている。駕籠舁《かごか》きの権十《ごんじゅう》と助八《すけはち》だ。

木戸番小屋の横手がこぢんまりとした広小路になっていて、奥に駕籠屋の長屋があり、駕籠舁きたちが住みついている。その広小路が駕籠だまりにもなっている。角顔でいつも威勢のいい権十と、丸顔で落ち着きのある助八もその長屋の住人で、町の者は権助駕籠《ごんすけかご》と呼んでいる。

四

二人は朝、空駕籠《からかご》を担いで番小屋の前を通るとき杢之助に声をかけ、夕刻近くに帰って来ると、向かいの縁台に座り込んでその日一日、町々であったできごとなどを話す。杢之助はそれを楽しみにしており、お千佳もあるじ翔右衛門に言われ、町の清掃をしている嘉助たち若手三人衆と同様、向かいの駕籠舁きたちからも、茶代を取ったりしない。

（あの二人、陽が落ちかけた時分にゃ戻って来ようかい）

思ったところへ、

「おっ、あれは」

権助駕籠らしいかけ声が聞こえてきた。木戸番小屋の横合いの奥をねぐらにしている駕籠舁きたちが、品川方面や府内の田町あたりから、泉岳寺への参詣客を運んで来ることはよくある。

はたして権十と助八だった。権十が前棒《まえぼう》で助八が後棒《あとぼう》だ。

門前通りは一丁半（およそ百五十米《メートル》）と長くはないが、なにぶん急な坂道だ。

前棒と後棒が前後になって上ったのでは客は中でうしろにひっくり返り、下りるときは前のめりになり、駕籠からころげ落ちることもある。駕籠舁き二人が横になれば中は安定するが時間がかかる。山門前まで駕籠で上り下りするのは、客がよほどの年寄りか足を傷めている場合だけだ。

駕籠舁きも坂下で停め事情を説明する。どの客も実際の坂を見れば、

「――歩いてお参りするのも供養のうち」

と、納得し自分の足で坂道を踏む。

駕籠舁きは客を降ろすと、参詣を済ませ戻って来るまで日向亭の縁台か、権助駕籠なら木戸番小屋で待つことになる。だから江戸府内や品川界隈からの客は、駕籠舁きにとっては上客なのだ。

客は小僧が一人つき添った商家のあるじ風だった。

「ごゆっくりと」

「待っておりやすので」

と、権十と助八が鄭重に客を坂上に送り出すと、

「儂も待ってたぜ。入《へえ》んねえ」

杢之助が二人に声をかけた。

縁台に出ていたお千佳にも聞こえたか、

「あら、番小屋ね。だったら、お茶、そっちへ持って行くから」

「すまねえなあ」

権十が返し木戸番小屋の敷居をまたぎ、助八もそれにつづいた。二人は日常の所作でも権十が前になり、助八があとについている。権十は威勢もよく動作も早いが、おっとりとした助八が、そそっかしくならないようにうまく調整の役を果たしている。だから周囲の者は二人を一体のものと見なしている。もちろんお千佳も杢之助もそうだ。

「きょうはまだ午前《ひるめえ》だ。町場でおもしれえ話に出くわしていねえぜ」

訊かれるまえから権十が言いながらすり切れ畳に腰を据え、上体を杢之助のほうへねじると、助八も、

「ま、きょうは大木戸から増上寺の手前までお客を運び、そこでまた泉岳寺へ参詣のお人がついてくれたって寸法さ。客待ちで他人《ひと》さまと世間話をする機会も、ほんのわずかだったぜ」

言いながらつづいてすり切れ畳に座った。

増上寺の手前まで行ったのなら、田町四丁目の札ノ辻は走り抜けている。札ノ辻

の広小路は、泉岳寺の坂下とおなじ町駕籠のたまり場になっている。悪党の壱郎太らが手をつけようかという揉め事だ。干物問屋の海道屋のうわさがながれているかも知れない。大ぶりな商家の本妻とめかけのいざこざとなれば、庶民にとってはかっこうの話題ではないか。

「田町四丁目といやあ、こっちの高輪大木戸みてえに広小路になってるだろう。儂もむかし状箱《じようばこ》を担いでよく走ったぜ。そこに海道屋って干物問屋があらあ。知ってるかい。いかにも海の幸《さち》を街道で商《あきな》ってるってえ屋号のお店《たな》だ」

「お、木戸番さん。ここに座っていて、ご府内でいま話題になってるうわさ、よく知ってなさるねえ」

権十が大きな目をクリクリと動かして言った。

「ほれほれ、権十どん。それが田町四丁目の海道屋さんの話だって言わなきゃ、木戸番さんにゃなんのことか分かんねえじゃねえか」

「だったら八《はち》よ、おめえが話せ」

助八がいつものように、飛躍が過ぎる権十の話に喙《くち》を容《い》れた。二人が町のうわさ話をするとき、よくあることだ。

杢之助も助八のほうに視線を向け、

「ほう。いま話題になってるって、海道屋さんのことかい。儂は大八車のお人から田町四丁目の海道屋とかが、いま大変《てえへん》なことになってるって聞いただけで、なにがどう大変なのかまったく知らねえ。おめえさんらなら、なにか聞いちゃいねえかと思ってよ。商いがかたむいてるとか」

　権十がすかさず応じた。

「商いがかたむいたくれえで、他人《ひと》さまが話題にするかい。よくある色恋ざたで、亭主がけっこう好き者でよ。つまり本妻とめかけのいざこざさ。俺も海道屋の旦那にあやかりてえぜ」

　そこへ、

「お待たせ」

　お千佳が三人分の茶を運んで来た。

　三和土に立ったまま言う。

「ちょいと聞こえたけど、本妻さんとおめかけさんのいざこざって、どこの誰？」

「ほう。番小屋が聞いていても、茶店の縁台はまだかい。ま、聞き耳立てずとも、きょうあすには入《へえ》ってくらあ」

　権十が返したのへ杢之助が反応した。

「きょうあすには？　海道屋のうわさ、そんなに生々《なまなま》しい話なのかい。札ノ辻と泉岳寺門前じゃ、遠くても街道一筋《ひとすじ》だ。新しいうわさなんざ、半日ありゃあじゅうぶんだ」

「あら、ご府内の札ノ辻？　そこの海道屋さん？　初めて聞く。本妻さんとおめかけさんが？」

お千佳がますます興味を示す。

「ほれ、縁台にお客さんだ」

杢之助が言った。座っている向きから、外がよく見えるのだ。

ふり返ったお千佳は、

「あら、ほんとだ」

と、空の盆を小脇に敷居を飛び出た。

これでゆっくり権十と助八の話が聞ける。

「ま、こんな話、女のほうが熱心になるもんだが、海道屋の話はちょいと生臭《なまぐさ》すぎらあ」

助八が言う。

「どんな」

「どんなって、あそこの旦那が調子よすぎるのよ」

李之助の問いに権十が返し、

「おめかけさんもしたたかで、ひと筋縄じゃいかねえお人のようだが、腹の子がからんでいるってえから、ちょいとややこしいのよ」

助八があとを引き取ってつづけた。どうやらお千佳がおもしろがって縁台でうわさするような、単純な話ではなさそうだ。

なにぶん盗っ人の壱郎太たちが絡み、泉岳寺門前町の沖合か浜を舞台になにごとかをくわだてているのだ。他所《よそ》の町のうわさ話どころか、泉岳寺門前町が舞台になるかも知れないのだ。

「で？」

李之助は助八にさきをうながした。

助八は権十と異なり、筋道を立てて話すので全体像がつかみやすい。

海道屋の亭主東右衛門《とうえもん》は助八も言うように、商いは手堅いのだが女に関してはなんともだらしがないようだ。

いま札ノ辻の近くに囲《かこ》っている女はお炎《えん》といい、

「それはいい女で、あれならどんな男でも金さえありゃあ囲いたくならあ」

助八は言い、権十が強くうなずく。田町の札ノ辻から二、三度、駕籠に乗せたことがあるらしい。

権十が言った。

「若くて人懐《ひとなつ》こく、ひと目で客商売あがりと分からあ。あれなら女にだらしがねえって評判の海道屋の旦那が、ころりと参っちまうのも納得できらあ。うわさじゃまだ十九でよう。くうーっ、海道屋の旦那！」

うらやましがっているようだ。権十も助八もことし三十路《みそじ》の独り者だ。

「界隈のうわさじゃ……」

ふたたび助八が話す。

「お炎は愛想がいいばかりでなく、したたかな切れ者でもあるらしいや。そううわさに聞きゃ、そういうふうに見えてくらあ」

「揉め事っていうからにゃ、そのお炎さんとやら、めかけの裏稼業から積極的におもてに出て来たのかい」

杢之助は問う。

また助八が応える。

「そう、腹に子ができたらしいのよ。もう裏じゃのうて、おもての問題さ」

「つまり、おめかけさんの妊娠《にんしん》かい。旦那の子を……」

「あたりめえじゃねえか。だからお炎がおもてに出て来て揉めてんのよ」

権十が言う。

ふたたび助八が、

「お炎さんの立ち居ふるまいが、騒ぎ立てずに冴《さ》えていたらしい」

「どんなふうに」

「そりゃあ俺たちも知らねえ。そのお炎さんさ、よほどうまく立ちふるまったらしい。本妻はお靖《せい》さんといって俺たちとおなじ三十路くれえらしいが、そのお靖さんを家から出し、十九のお炎を入れることになったらしい」

「えっ。現在《いま》の本妻を離縁し、めかけを家に入れる？　穏《おだ》やかじゃねえなあ」

「そうさ。うわさじゃお靖さんも二人目か三人目の女房で、奥に入ったのもそんなかたちだったらしいぜ。腹に子を抱えてよ」

「そう」

と、ふたたび助八が話す。

「お靖さんにも子がいなさる」

「ふむ」

李之助はうなずいた。揉め事は、奥が相当深いようだ。

「お子は靖太《せいた》といって、ことし三歳になるらしい。お靖さんが自分の名をせがれに付けたのは、旦那の移り気の早いのをよく知っていて、子と一蓮托生《いちれんたくしょう》になるため強引に付けたって世間は言ってらあ」

「なるほど」

「そこで海道屋じゃ、奥の女あるじが代わるってんで、部屋の改装や模様替えで、大工に指物師、左官たちに声をかけたらしい」

「ほう」

李之助はうなずいた。見えてきた。その指物師が、彦市だったようだ。なるほど、きのうきょうの生々しい話だ。

助八はつづけた。

「海道屋の旦那さ、お靖さんを家から出しても、子の靖太は置いていけとお靖さんに言ったらしい」

もしお千佳がここにいて聞いていたら憤慨し、

『なんてことを!』

と、声に出していただろう。いま李之助がその気になっている。

「ところがよ、嬉しいじゃねえか。三歳の靖太は母親のお靖さんにしがみついて、離れようとしねえ。あたりめえだわさ。三歳ならもう一人前《ひとりめえ》だ。自分の意志をはっきり出しても不思議はねえ」

「そりゃそうだが、それでどうなった」

「結局、年増《としま》のお靖さんを出して若《わけ》えお炎を入れる話は沙汰《さた》やみよ」

「なるほど、そういうことかい」

杢之助は返した。彦市が仕事の打ち合わせに海道屋に行って憤慨しながら帰って来たのは、きょうの午前のことだ。駕籠屋の権十と助八は、きわめて新しい話をしていることになる。

「なるほどって、木戸番さん、なにかほかに聞いていなさるのかい」

助八が訊いてきたのへ杢之助は、

「いや、なんでもねえ。札ノ辻の海道屋になにやら揉め事があるらしいって聞いただけで、そこまで詳しくは知らなんだ」

「まあ、俺たちが知っているのもここまでよ」

「そう、きょう素通りするはずだった田町の札ノ辻で、お客の用でちょいと駕籠を停めたときによ、聞いたばかりだからなあ」

権十が言う。

杢之助はつづけた。話は盗っ人の壱郎太たちがつけ入る隙《すき》があるほど、見かけ以上にこじれているようだ。

「お炎さんてのはどうしたい。おめえさんらの話じゃ、腹に子を宿しておとなしく引き下がる女とは思えねえが」

「そうよ、あの女なら」

「もう一回、札ノ辻に駕籠を休ませりゃ、さらに新しいうわさが聞けるかも知れねえ。いま待っているお客さん、お帰りはたぶん札ノ辻にならあ。そこに寄る辺《よべ》がありなさるようだからよ」

権十が言ったのへ助八がつなぎ、さらにまた権十が言った。

「あの女、見かけは虫も殺さねえ面《つら》をしてるが、相当なしたたか者って聞くからなあ」

「そう。身重《みおも》で妾宅《しょうたく》から本家の奥に入る寸前に、もとに戻されたんだ。おとなしくしているはずがねえな」

助八がつなぎ、木戸番小屋で権十と助八ふたりのやりとりになった。

駕籠舁きたちは客待ちで札ノ辻のたまり場に数組集まれば、おそらくいま話題の話をすることになろう。そこへ近所のおかみさんなどが加わればどうなる。海道屋はすぐそこだ。奥向きの女中たちとのつき合いもあるはずだ。さらに生々しいうわさも聞けようか。

助八が言う。

「おめえさんら、このあと田町四丁目の札ノ辻に戻り、陽のかたむいた時分にまたここへ帰《けえ》って来るのが楽しみだぜ。お千佳坊にもそう言っとかあ」

「だが、分からねえぜ。どこで駕籠を休ませるか、お客次第だからなあ。ま、札ノ辻で客待ちってことになりゃあ、その話がまた聞けるだろうよ」

そこへ客の旦那についていた小僧が番小屋に顔をのぞかせ、

「駕籠屋さん、こちらでしたか。縁台の女中さんに聞きました」

「おう、お帰りかい」

「待ってたぜ」

権十が腰を上げ、助八がそれにつづいた。

杢之助も見送りに外へ出た。

客の旦那が駕籠に乗り込むところだった。そのふところから買ったばかりであろう、門竹庵の扇子の柄がのぞいていた。

「途中とめてもらったところ、札ノ辻の近くまでお願いしますよ」

旦那の声が聞こえた。

「がってん」

「えっほ」

権十のかけ声に助八の声がつづいた。

小僧がその横を伴走《ばんそう》する。

駕籠はふたたび高輪大木戸のほうへ向かった。杢之助はすり切れ畳の上に、ふたたび一人となった。

「うーむ」

声に出してうなり、胸中につぶやいた。

(きのうきょう、千客万来で忙《せわ》しねえが、どの話も一つにつながってやがるぜ)

ながれ大工の仙蔵の顔が脳裡に浮かんだ。

権十と助八はきょう夕刻近くに帰って来るが、浮かんだ仙蔵の顔に無言でつぶやいた。

(仙蔵どん、おめえも二度、三度、来てくんねえ。火盗改の密偵さんとして、手柄を立てさせてやれるかも知れねえぜ)

胸中につぶやいた。

最初は仙蔵には伏せておくつもりだったが、いまは変わっている。

壱郎太たちがたくらんでいるのは、

(空き巣やコソ泥みてえなケチなもんじゃねえ。海道屋の奥向きの揉め事につけこみ、なにやら罪深いことを算段してやがるようだ。それも泉岳寺の近く《こ》でよう)

解明するには権十と助八、それに嘉助、耕助、蓑助の三人衆が集めて来る巷間《こうかん》のうわさだけでは足りない。

やはり、

(仙蔵どんと持ちつ持たれつ……、危《あぶ》ねえが)

杢之助の思いはそう変わったのだ。火盗改の密偵が事態の背景を探れば、確実なものが得られるはずだ。

陽がかなり西の空にかたむいたが、仙蔵のきょう二度目の来訪はなかった。

(ま、そうだろうなあ)

思えてくる。ここ一両日の動きそのものが、異常だったのだ。

権十と助八が戻って来た。木戸番小屋のすり切れ畳ではなく、日向亭の縁台のほ

うに腰を据えた。お千佳が茶を出す。李之助は縁台に出て、

「おおう、どうだったい」

訊いた。

「どうって、海道屋のことかい」

「ああ」

李之助の問いにお千佳も興味を示し、茶を出した縁台の脇に立って、二人の返事を待つようすになった。複雑な概略はすでに李之助から聞いている。

茶をすすりながら、権十が言った。

「なんもねえ。第一《でえいち》、あそこにずっと立ちん坊しているわけじゃねえからよ」

「札ノ辻の近くまで泉岳《ここ》寺を往復しなすった旦那が駕籠を降りなさると、すぐまた別のお客がついてくれてよ」

助八があとをつないだ。

結局あのあと、田町四丁目の札ノ辻で客待ちをすることはなかったようだ。

お千佳は落ち込んだ。

五

翌日、門前通りから朝の棒手振《ぼてふり》たちの触売《ふれうり》の声が去り、住人たちの一日の始まりの喧騒《けんそう》も過ぎ、そろそろ泉岳寺の参詣人が坂道に歩を踏もうかという時分だった。まだ朝のうちである。

「木戸番さん、また邪魔させてもらいやすぜ」

声とともに、木戸番小屋の敷居をまたぎ狭い三和土《たたき》に立ったのは、ながれ大工の仙蔵だった。

「おぉう、来なすったかい。きのうも夕方まで、おめえさんが来るのを待ってたんだぜ」

杢之助は正直に言う。感覚の鋭い仙蔵を相手に、下手な細工は不要だ。

「ほっ。やはり木戸番さんもきのうのうちに新しいうわさを仕入れなすったかい。ちょうどよござんした。あっしのほうもで、両方照らし合わせりゃ、悪党どもの動きも見えて来るかも知れやせん」

「儂とおめえさんじゃ仕入れ先が違うから、おなじうわさでも異なる角度から見えるかも知れねえ。さ、突っ立ってねえで座んねえ」

「あっしもいまそれを思いやしたところで。やはり泉岳寺門前町の木戸番さんだ。話すめえから、早くも来た甲斐《かい》があったという感じでさあ」

仙蔵は言いながらすり切れ畳にいつもより深く腰を据え、杢之助のほうへ上体をねじって表情を凝視した。

「儂のほうから話そうかい」

杢之助はその視線を受けて言った。

「おめえさんが興味を持っている盗っ人どもよ、品川なんぞにゃ行っちゃいねえ。この町にいるぜ。ここにも面《つら》を出しやがった。向こうさんから、へい、盗っ人でございなんて名乗ったわけじゃねえが、あいつら身に染みた独特の臭《にお》いと、さりげない挙措《きよそ》でそれと分からあ。もっとも、儂の感覚をおめえさんが信じるかどうかの話だがな。さきを聞きてえかい」

「へへ、木戸番さん。そこを信じてここに来てんですぜ。焦《じ》らさねえでくだせえ。そやつら二人ですかい、三人ですかい。で、どこにねぐらを、いまなにをしておりやす」

仙蔵は上体を前にかたむけた。

「そう一度にいっぺえ訊くねえ」

杢之助は言い、壱郎太と三郎太が車町の二本松一家にわらじを脱ぎ、もうひとり次郎太なる者が訪ねて来たことなどを詳しく語った。向かいの茶店のあるじ日向亭翔右衛門が、門前町と車町の町役を兼ねているように、二つの町は互いに町内同然である。二人組のようで三人組でもあるのは、仙蔵の二人組か三人組かの問いに、まとめて答えたことになる。

「ほう、ほうほう」

仙蔵はうなずき、

「車町の二本松一家ですかい。木賃宿で小博奕《こばくち》の賭場もやっているってえあそこでやすね。なるほど行商のお人らだけじゃのうて、ながれ者まで住み着きそうな所でやすからねえ」

と、当然二本松一家のようすを知っていた。

仙蔵の顔が緊張の色を刷《は》いている。

「で、そやつら、車町の二本松を根城に、なにを？」

「そこよ」

杢之助はひと膝、仙蔵のほうへすり出た。

「おめえさん、ながれの大工《でえく》であちこちに顔は広《ひれ》えだろう」

「まあな」

「街道を府内に入った田町四丁目だが、そこに暖簾を張る干物問屋で、海道屋ってのを知ってるかい」

「えっ、あの札ノ辻の？ なんで泉岳寺門前町の木戸番小屋に海道屋の名が！」

杢之助の問いに、仙蔵のほうが驚きを示した。

仙蔵は言う。

「その件があって、あの盗っ人どもが遠くに逃げず、近辺に潜んでいるのじゃねえかと思い、この番小屋へようすを見に来たのでさあ。すると奴ら車町にわらじを脱いでいるどころか、木戸番さんの口から海道屋の名が出た。驚きでさあ」

「おめえさんの反応、こっちが驚くぜ。どういうことでえ」

「へえ、実は……」

仙蔵は話した。

町方の同心についている岡っ引が、高輪大木戸で捕縛しようとしていた盗っ人二人か三人を取り逃がし、二人は大木戸の外へ逃げたが、一人が内側へ舞い戻ったらしい。町方はその一人を探索したが見つからなかったようだ。

「そうした事情は、あっしの出入りしている捕物好きの旦那が、人を遣《や》って探らせたらしいので」

「ほう。また三田寺町のお武家かい。好きが高じて町方にも顔が利きなさる？」

「そのようで」

「で、その三人組のうち二人、差配の壱郎太と子分の三郎太がこっちの車町にわらじを脱いでいて、もう一人の次郎太の足跡が、田町四丁目の札ノ辻あたりで見つかったかい」

「へえ、見つかりやした」

「ほう。その話、詳しく聞きてえ」

「あっしもで。壱郎太と三郎太がいつでもご府内に舞い戻れる高輪車町にいたなんざ、三田寺町の旦那が聞きゃあますます関心を寄せ、場合によっちゃあ、のめり込みなさらあ」

　仙蔵はすでにのめり込んでいる。

　話をつづけた。

「三人組が高輪大木戸から逃げ果せたのは、田町四丁目の札ノ辻あたりで三人をかくまう女がいたからでさあ。お炎《おお》という若い女で、それがまた、東右衛門という海道屋のあるじに囲われている女で……」

「ほう」

「その手引きで壱郎太と三郎太はひと息入れてから町方に見つからねえように高輪大木戸を抜け、次郎太はお炎の世話で札ノ辻あたりに隠れ住んでいやがる。しかもいま聞けば、壱郎太らまでがこんな所に隠れ住んでいやがった」

「なにかたくらんでいる？　そう思うかい」

「思えまさあ」

「それよりも壱郎太と三郎太は府外だからともかく、次郎太が府内に隠れていることが判《わか》ってんなら、町方はなんで次郎太とお炎にお縄をかけねえ？」

「町方がそれを把握してんじゃござんせん。三田寺町の旦那の手のお人らが調べたんで」

火盗改の密偵たちが、探索に奔走したようだ。仙蔵の同輩たちだ。

杢之助は言った。

「ならばその旦那、なんで町方に教えてやらねえ。お奉行所のお役人ら、喜びなさろうによ」

「向こうが教えてくれと頭を下げて来たのならともかく、こっちの調べたことをなんで教えてやらねばなんねえんですかい」

　仙蔵は言った瞬間、アッと口をつぐむ仕草を見せた。奉行所を〝向こう〟と表現し、三田寺町の旦那も含め自分たちを〝こっち〟と呼んだ。町奉行所と火盗改の構図を、つい言ってしまったのだ。しかも、三田寺町の旦那が火盗改の与力で、自分がその密偵の一人であることまでにおわせてしまった。

　杢之助はとっさに気づかなかったようによそおい、

「ふむ、町方は気づいちゃいねえか。つまり壱郎太は次郎太をつなぎ役として府内に置き、てめえはもう一人の手下を連れてこっちの車町にわらじを脱ぎ、なにかをたくらんでいやがる」

　それを探るのに仙蔵の手を借りようとしたのは、間違っていなかった。仙蔵は真剣な表情になっている。

　杢之助はさらに壱郎太たち三人の動きは、馬糞集めの若い三人衆と権助駕籠の二人から聞いたことを語り、壱郎太が直接木戸番小屋に来て、

「沖合か浜辺でなにかをたくらみ、儂をその仲間にしようとしてやがる」

　ことまで話した。

「うーむむっ。壱郎太に次郎太に三郎太。一、二、三。ふざけた名をつけやがって、

世をバカにしてやがる」

仙蔵も言ったが、顔は笑ってはいなかった。

壱郎太が杢之助を仲間にしようとしていることには、

「そりゃあ壱郎太とやらめ、目が高《たこ》うござんすぜ」

と、わが意を得たような表情を見せ、口元をほころばせた。

二人の会話が情報の交換であれば、つぎは仙蔵が話す番だった。

仙蔵も干物問屋海道屋の亭主東右衛門が好き者で女に弱く、いま本妻のお靖とめかけのお炎の件で奥が揉めていることをつかんでいた。指物師の彦市が海道屋から仕事を頼まれ、打ち合わせに行くとその仕事はもうないと言われた話には、

「なるほど」

と、うなずいていた。

そればかりか、杢之助の話は仙蔵の疑念と直接つながるものがあった。火盗改では町奉行所への対抗意識からであろう、岡っ引が取り逃がした盗賊三人組に関心を寄せ、あわよくば火盗改の手でと思っているようだ。それで数日という短期間に三人組の盗賊の探索を進め、仙蔵がきのうきょうと杢之助を訪ねたのも、その一環だった。仙蔵が壱郎太と三郎太の居どころを杢之助から聞いたのは、火盗改の密偵と

して具体的な成果の一つだろう。

札ノ辻を含む街道筋の田町一帯を探索した密偵たちは、府内に潜伏した次郎太を見つけ出した。だが、すぐには捕縛せず、その周辺を探り、お炎という女と海道屋の一件に行き当たった。むろん、それらの情報を仙蔵は、三田寺町の旦那を通じて他の密偵と共有している。その内容の一つひとつが、杢之助の口から出る話とつながっているのだ。

仙蔵はさらに言った。

「めかけのお炎だが、色《いろ》っ早《ぱや》い娘で十歳を過ぎたころにゃもう色街に出ていて、見《み》栄《ば》えも愛想もよく。それで海道屋の亭主の世話を受けるようになり、子まで孕《はら》んだって寸法らしい」

「東右衛門旦那は四十でお炎は十九ってえから、まあ、親子といってもいいくれえ離れてらあ。じゃが、ねんごろになってもおかしかねえくれえの離れようさね」

「あははは、あっしもそう思いまさあ」

「で、本妻のお靖さんはどうなんだい。まともな女なのかい。おめえさんの伝手《つて》じゃ、そこも調べているのじゃねえのかい」

「そうあちこちに伝手があるわけじゃござんせんが、お炎の出自がすぐに分かったように、お靖のほうも近辺で訊きゃあ、すぐに分かったそうで。やはり同類の女だったようで」

「同類？」

「色っ早かったかどうかは知りやせんが、やはり色街の女でやしたが、風流な舟遊びが好きで、それで東右衛門旦那の目にとまり、品川方面や増上寺の沖合へと舟遊びを重ねているうちに、まあ、旦那の子を孕んで海道屋の奥に入《へえ》ったって寸法で。泉岳寺への参詣も、街道を町駕籠じゃのうて舟で来たかも知れやせんぜ。参詣してたらの話でやすが」

「海から参詣？　そんな物好きな参詣人、ほんとにいるのかい」

「それは知りやせんが、ま、お靖さんの場合は、そのときの先妻さんに子がいなかったから、いまみてえにいざこざは起きなかったようで」

「揉めるも揉めねえも、東右衛門旦那とやらのことで、傍《はた》からどうのという筋合いじゃねえが、女にはなんともだらしないお人のようだ。それはともかく、いまの本妻のお靖さんが舟遊びが好きだってえのが気にならあ」

「あっしも木戸番さんの話を聞き、それを思いやした。壱郎太どものたくらんでいることが見えてきそうな……」

「儂もだ。お靖さんとやら、舟遊びが好きなら、それだけ舟に乗せやすいってことにならねえか」

「あ、なるほど見えてきやしたぜ。せがれの靖太も一緒に乗せ、それを沖で……。お炎は身重で、大手を振って海道屋の奥に入《へえ》れるって……」

「命日から半年ほどもおきゃあな」

「お炎はもう壱郎太の掌中《しょうちゅう》の駒《こま》になってるかも知れやせんぜ。ならば壱郎太め、海道屋からいつまでも小遣《こづか》いをむしり取れるってえ寸法だ。ケチなコソ泥をやってるより、よほど楽でいい稼ぎになりまさあ」

「さすが仙蔵どんだ、瞬時にそこまで読み込むとはなあ。したが、そのために先妻と三歳になる子を殺すかい。うむむ、人の命を命とも思わねえ、根っからの悪党ならやりかねねえか」

「おそらく……。木戸番さんこそさすがでさあ。あっしよりも早《はよ》うそこに勘づきなすったようじゃござんせんかい」

「まあ、おめえさんと話していると、どういうわけか頭が早う回転しやがるのよ」

　実際、そのとおりなのだ。

「あははは、あっしもで。ほんと泉岳寺門前町の木戸番さんは、底の知れねえお方で」

「こきやがれ」

杢之助は返したが、胸中に不安が込み上げてきていた。

杢之助の目的はあくまで、棚ぼたの五十両のときのように、町にはなんら波風を立てず、火盗改の役人が町に出向いて来るのを防ぐところにある。

だがいま、火盗改の密偵と心を一つにし、コトにあたろうとしている。壱郎太たちのたくらんでいることが、いまおぼろげながら想像したように〝殺し〟を含んでいたなら、

(暴《あば》けば逆に火盗改の目利きを町に呼び込むことにならねえか)

そこへの恐怖にも似た疑念が湧いてきたのだ。

(どうすればいい)

杢之助は仙蔵に覚《さと》られぬよう思考し、とりあえず言った。

「おめえ、きょうはこんなに早《はよ》う来てよ、この町になにか用でもあったんじゃねえのかい。儂も町の人から夫婦げんかの仲裁を頼まれていてなあ。いまからちょいと行かなきゃなんねえのよ」

「さようですかい。ちょうどようござんした。あっしもこの町にちょいと仕事で来

て、そのついでに寄らせてもらっただけでさあ」

と、言いながらすんなり腰を上げた。

もっと話し込もうとするかと思った杢之助には、意外なほどあっさりとした仙蔵の所作だった。

すぐに解した。〝この町にちょいと仕事〟とは、車町の二本松一家で嘉助たち若い三人衆の所在を確認し、二本松一家の丑蔵ともちょいと世間話などをし、その人物を値踏《ねぶ》みすることだろう。

「おおう、そうかい。そりゃあなによりだ」

敷居を外にまたごうとする仙蔵に声をかけた。

「そうそう、おめえさんの大工仕事、この町内だけかい。すこし遠出する仕事もあるんじゃねえのかい。ともかくあとで暇がありゃあ、また来てくんねえ」

杢之助の脳裡にある〝遠出する仕事〟とは、二本松一家のあと田町四丁目の札ノ辻界隈で海道屋について新たな動きがないか最新のうわさを集めることか、三田寺町の旦那に杢之助とのやりとりの報告に行くかである。

仙蔵は反応した。

「ありがてえ言葉ですぜ。この町内の仕事を済ませ、すこし遠出するほうもやっつけてからまた門前町《ここ》へ舞い戻って来ましょうかい。陽のかたむいた時分になるかも知れやせんが」

「いいともよ」

杢之助は返した。仙蔵と深く係り合うことを警戒するも、ここまで来た以上、仙蔵の動きを知っておかねばならない。

杢之助は〝それじゃ〟と敷居を外にまたいだ仙蔵の背に、

「待ってるぜ」

声をかけ、その影が見えなくなってから、悪党の壱郎太たちが杢之助になにを求めているかを考えた。壱郎太は木戸番小屋で〝凝《じ》っとしていてくれるだけでいい〟と言っていたが、それだけではあるまい。

仙蔵とのやりとりのなかから考えたことだが、お靖と靖太を乗せた舟が泉岳寺門前町沖に来たときの見張り役……。確実に見張りをさせ、その後も秘密がばれないようにするには、杢之助をまったくの仲間にしておくことだ。壱郎太なら、そのくらいは考えるだろう。ならば〝まったくの仲間〟とはなにか。沖合での殺しに失敗し、舞台が浜辺になったとき、

――木戸番人に、殺しの手助けをさせる

（くわばら、くわばら）

李之助は胸中に声を上げ、身をぶるるると震わせた。

陽は東の空にいくらか高くなっているが、まだ朝の内といってもいい時分だ。

開けられたままの腰高障子のあいだを、人の影が埋めた。

「ん？」

顔を上げると、

「木戸番さん、さっき訊いておきてえことを一つ、忘れてたぜ」

言いながら敷居をまたぎ三和土に立ったのは、いましがた木戸番小屋を出たばかりの仙蔵だった。

「忘れてた？　なにを」

言いながら李之助はすり切れ畳を手で示したが、

「いや、ほんの一つだけだから」

と、仙蔵は腰を下ろさず、立ったまま話し始めた。

「悪党の壱郎太ども、木戸番さんに目をつけ合力を依頼したとかでござんすが、そのときの木戸番さんの役目はなんですかい」

「ああ、それかい」

杢之助は瞬時考え、

「壱郎太め儂に番小屋《ここ》で〝凝っとしていてくれるだけでいい〟と言っておった。つまり、見て見ぬふりをしていてくれってえことだろう。ま、儂にできることなんざ、そのくれえしかねえがな」

と、脳裡に描いた、殺しをともなう合力は伏せた。

「門前《ここ》町の木戸番さんに、見て見ぬふりだけたあ役不足の感じでやすが、やりなさるか」

「やるわけねえだろう。実際に頼んで来たら、意見して追い返してやらあ」

「それを聞いて安心しやした。そのときゃあ、あっしもなんらかのお力《ちから》添《ぞ》えしとうござんすぜ」

仙蔵は言うと、ふたたび敷居を外にまたいだ。

その背がすり切れ畳の上から見えなくなると、

「ふーっ」

杢之助は大きく息をついた。

（具体的なことを訊きやがるから、つい言ってしまったい。それをわざわざ引き返して訊きに来るたあ、仙蔵どんめ、このあと間違《まちげ》えなく三田寺町の旦那のところへ

報《しら》せに行きやがるな)

確信を持った。

「さあて、さてさて」

つぶやいた。

ただでさえ杢之助は、状況を知るため仙蔵と合力する策をとったのだ。連携をどう薄めようかと思っていたところ、かえって強めてしまった。

いま脳裡にある最大の課題は、目下進行中と思われる壱郎太たちのたくらみを、おなじ壱郎太たちが関わった棚ぼた事件のように、いかにして自分をおもてに出さず、なにごともなかったように収めるかである。

いま、杢之助はその逆の方向に進んでいる。火盗改を呼び込み、事態を大きくしてしまった。

(このさき、どうする)

杢之助は考えた。

それだけではない。

(壱郎太め、お炎を後妻に入れて海道屋から小遣《こづか》いをせびりつづけ、毎日を左うちわで暮らすことだけを目論《もくろ》んでいるのか。いっぱしの悪党が、そんなケチな目的で

人殺しまでするかい)

さらに、

(次郎太と三郎太はまだ若え。それでおとなしゅうなれるのかい)

それらの疑念が、杢之助の脳裡を離れないのだ。

そこからまた、

(お炎を担いで海道屋へ仕掛けようとしているのは、壱郎太ども三人組だけか。壱郎太を使嗾《しそう》している者が、いずれかにいるのではないか)

思いはふくらんでくる。疑念が疑念を呼んでいるのかも知れない。

たくらみは海から

一

朝からながれ大工の仙蔵が二度も顔を見せてきょう一日が始まり、すでに朝のうちとは言えない時分になっている。

「うむ、そうだ」

李之助はすり切れ畳にあぐらを組んだまま声に出し、膝の上に置いた両こぶしを握り締めた。

壱郎太どもの動きには、三歳児の殺しまで含まれているようだ。思ったよりたくらみは非道で、李之助が見張りがてら圧《お》しつぶせる規模ではない。下手《へた》をすれば、逆に仙蔵以外の火盗改の手を泉岳寺門前町に呼び込みかねない。握り締めたこぶしをそのままに、

(壱郎太に舞台を変えさせ、直前に仙蔵に手柄を立てさせれば)

思いをめぐらせた。

（ともかくその方向に動く以外に……）

李之助は両手のこぶしへ、さらに力を入れた。

だが一方、壱郎太どもの目的に疑念を覚える。

（海道屋を、てめえたちの金のなる木にするだけかい。ほかのもくろみを持ち、おめえらを裏から使嗾《しそう》している者が、どこかにいるんじゃねえのかい）

その疑念が消えたわけではない。むしろ強くなっている。

あぐらを組んだまま、疑念をひとまず脇に置き、李之助の脳裡は殺しの舞台をいかにして他所《よそ》へ移させるかに染まった。殺しを見逃そうというのではない。考える策は、火盗改密偵の仙蔵にいかにして手柄を立てさせるか……である。

その策というか、方途は一つしかない。壱郎太と仙蔵を、巧《たく》みに動かすのみだ。容易ではない。

悪党の壱郎太は李之助を仲間にしようとしており、火盗改密偵の仙蔵は李之助を頼れる人物と見なしている。持ちかけようによっては、二人をうまく動かせるかも知れない。

そのための第一歩として、二人が時間を違《たが》え、木戸番小屋に来ることが必要となる。そんなうまいことがあるかどうかは分からない。だが二人とも杢之助に、また来ると言っていた。

（さあ、ご両人さん。いずれがさきになりやすかな）

二人の顔を念頭に浮かべた。

杢之助は当初、壱郎太たち三人組がコソ泥の類《たぐい》で、こたびも女を利用した詐欺《さぎ》程度の悪事なら、泉岳寺門前町や車町から放逐し、近辺をうろつかないようにするだけでいいと思っていた。

ところが悪さに殺しがともなっているとなれば、

（許せない）

しかしその処置は、自分一人ではとうてい無理だ。やはり火盗改の手をうまく借りる以外にない。

火盗改にしては、密偵たちを奔走させた発端が、町方の失態を解決してやろうとの軽い乗りからであった。だが、相手はコソ泥どころか利のためなら三歳の子まで殺そうという悪党だったなら、町方へのあてつけなどとおり越し、火盗改の正規の仕事になるだろう。

ならば火盗改で動くのは密偵の仙蔵たち数名だけでなく、同心たちまで出張って来ようか。詳しいたくらみの内容さえ判《わか》れば、たちまち火盗改の捕方《とりかた》が壱郎太に次郎太に三郎太たち、本名も出自も知らないが即座に捕縛するだろう。

その舞台はなんとしても泉岳寺門前町やその沖合であってはならない。そもそもこたびの揉め事の発端の地である、府内の田町四丁目、札ノ辻あたりになってもらわねばならない。

杢之助は再度、胸中につぶやいた。

(毛並みのまったく異なるお二人さん、早う来なされ。別々になあ)

田町四丁目の札ノ辻で、コソ泥の壱郎太たちと十九歳の若いお炎が、どこまで話を進めているか分からない。いずれにせよ、ここ一両日が勝負時であることは、杢之助は感じ取っている。

この日、朝から町場にも海辺にも薄日が射し、風もないわりに暑さも感じなかった。沖の波も穏やかだ。この分なら朝に空もようを見て、急に舟遊びを思い立っても不思議はない。

朝早くに来た仙蔵が帰ってから、間もなくだった。陽はまだ東の空に高くはなっていない。開け放されたままの腰高障子のあいだを、大柄な影が埋めた。

しい。

　元とか親方と称《よ》ばれている大柄な丑蔵が、木戸番小屋に李之助を訪《たず》ねて来るのは珍
「おう、木戸番さん。いなさったねえ」

　と、敷居をまたぎながら声を屋内《おくない》に入れたのは、二本松の丑蔵だった。町では貸
「おっ」

　李之助は声に出し、顔を上げた。大柄なはずだ。

　しかも午前《ひるまえ》にである。さきほど二本松一家に向かったであろうながれ大工の仙蔵を木賃宿で迎えることなく、いずれかで通りを違《たが》えてすれ違ったかと思われるほどのころ合いだった。

「おぉう。これは、これは」

　と、李之助は二本松の丑蔵を迎えながら一計を思いつき、

「さあ」

　すり切れ畳を手で示した。

　壱郎太が二本松で、嘉助、耕助、蓑助の三人衆に木戸番小屋のようすを訊いていたということは、当然丑蔵にも訊いているはずだ。それで丑蔵は木戸番小屋に足を運んだのだろう。この丑蔵も、李之助が待っていた一人である。

「そっちの木賃宿に……」

「おめえさんのことを、しつこく訊く野郎が……」

李之助と丑蔵は同時に口を開いた。

二本松の丑蔵は、李之助のようすを知りたがる壱郎太の存在が気になり、木戸番小屋に顔を出したのだ。

（よしっ）

李之助は胸中にうなずき、一度とめた言葉をふたたび口にした。

「そいつは壱郎太とかと名乗る、うさんくさい野郎じゃねえのかい」

「ほっ。木戸番さんも奴を〝うさんくさい〟とみるかい」

大なり小なり他人《ひと》に言えない以前を持つ者は、似た者を見ればそれと感じる。はたして二本松の丑蔵は、壱郎太を〝うさんくさい〟とみたようだ。

李之助はつづけた。

「それはともかく、そやつら壱郎太に次郎太に三郎太と、ふざけた名を名乗ってやがる三人組じゃねえのかい」

「ほう、知ってるのかい」

「ああ、壱郎太と三郎太はここにも来やがったが、嘉助どんら若い三人衆も、やつらがこの木戸番小屋のことをしきりに訊いていたと言っていたからなあ。壱郎太ども、なにをたくらんでやがるのか、儂《わし》を値踏《ねぶ》みに来たようだ」

「それよ。俺もそれで来たのよ」

と、二本松の丑蔵は、貫禄のある大柄な身ですり切れ畳に浅くかけていたのを深く座りなおし、あらためて杢之助のほうへ上体をねじった。

杢之助は、さっきまでながれ大工の仙蔵と番小屋《こ》で話し込んでいたことは話題にせず、

「聞こうじゃねえか。壱郎太が儂のことをどう訊いていやがったよ。儂も奴が気になってなあ。やつらがおめえさんとこにわらじを脱いでいると聞いたもんだから、これから訪ねて行こうかと思ってたところだったのよ」

「ほう、そいつぁちょうどよかった。子分らしい次郎太や三郎太はともかく、あの壱郎太は危ねえ。コソ泥なんかじゃねえと俺はみた。木戸番さんもそう感じなすったようだな。その壱郎太が俺に、木戸番さんのことをいろいろ訊きやがる。あそこの木戸番、信用できる人物かどうかなどとよ。俺《おり》ゃあ言ってやったぜ。達者で面倒見もよく、責任感も強うて」

「買いかぶるねえ」

「買いかぶっちゃいねえ。ほんとのことだ」

「奴が訊いたのは、そんなことだけかい」

「いいや。門前町《ここ》の木戸番小屋の仕事に、木戸の開け閉めと火の用心のほかに、海辺のほうの見張りは含まれていねえかとか、これまで沖合で予期しねえ事故があって、陸《おか》の木戸番人が係り合ったようなこたあねえかとまで訊きやがる。こいつぁ尋常じゃねえと思うてなあ」

「よう知らせてくれた。そう、尋常じゃねえのよ」

杢之助は真剣な顔で返した。

丑蔵も表情に緊張を刷《は》き、

「なにかあったかい。あの壱郎太が手下二人を連れ、殺しか押込みでもたくらんでやがるとか……」

「そう、たくらんでやがるのよ」

「えっ。なにを！」

丑蔵は驚きの声を上げた。

杢之助は壱郎太と三郎太が番小屋《ここ》にも来たことをあらためて話し、

「儂も気になってよ、ご府内で木戸番をやっていたときの伝手《つて》を頼り……」

李之助のハッタリである。

「さいわい田町の札ノ辻に詳しいのがいて、いろいろ聞いてもろうたのよ。するとどうでえ、驚いたぜ。とてつもねえ話が進んでいるらしいのよ」

などと前置きし、田町四丁目の札ノ辻に暖簾を張る干物問屋海道屋の本妻とめかけのいざこざ、そこに壱郎太が絡み、三歳の子を含む本妻殺しをたくらんでいるらしいことを語った。推測だが、話は具体的な言いまわしになった。

「むむむっ。あの壱郎太とやら、想像した以上の悪党か。用心しなくちゃならねえなあ」

丑蔵はいまさらながらのように言う。

期待したとおりの反応だ。

李之助が丑蔵に語ったのは、ながれ大工の仙蔵と語り合った内容と、いくらか異なる点はあった。

壱郎太たちは間違いなく、殺しの場を泉岳寺門前町の沖合に設定している。その設定に、李之助の存在の重要性があるのだ。

李之助は言った。

「やつらにゃ黙っておったが、儂は沖合にも浜辺にも目を配っていらあよ。儂の視界のなかでみょうなまねをしやがると、すぐさま向かいの日向亭に報《しら》せ、翔右衛門旦那がすぐさま火盗改に人を遣《や》ることになっておるのよ」

「ふむむ。日向亭の翔右衛門旦那は、うちの車町とこっちの門前町の町役を兼ねていなさるからなあ」

「そうさ、気骨のあるお人さ。おめえさんも知ってのとおり、普段は茶店のあるじだが、町のことで動きなさるときは重みがあって、しかも迅速だぜ」

「それは俺も知ってらあ」

と、大柄な丑蔵が肯是《こうぜ》のうなずきを入れる。

杢之助はつづけた。

「やつらがわらじを脱いでいるのは、おめえさんとこだ。あやつら、コトを起こせば、その日のうちに火盗改に踏み込まれるぜ。火盗は町方より荒っぽく、まわりの者まで有無《うむ》を言わせず引いて行かあ」

「それはっ」

丑蔵は困惑の声を上げた。

「どうする」

杢之助の問いかけへ早口に返した。

「困る！　困るぜ。やつらはただの泊まり客だ。それでこっちまで殺しの仲間と疑われたんじゃ割に合わねえ」

李之助の思惑は的中した。やはり二本松一家は、小博奕《こばくち》以外にも役人に踏み込まれるのを嫌がる側面を持っている。

これで殺しの舞台が門前町や車町の海辺になってはまずい人物が、李之助だけではなくなった。二本松の丑蔵もその一人となったのだ。丑蔵にいたっては、町の浜辺が殺しの舞台になってはまずいばかりか、その下手人《げしゆにん》になるであろう壱郎太たちにねぐらまで提供しているのだ。

「木戸番さん、きょうは朝早《はよ》うからじゃましたな。二本松にまだ仕事が残っていたのを思い出した。中途半端で帰《けえ》るみてえだが……」

言いながら丑蔵はすり切れ畳から腰を上げ、敷居を外にまたいだ。

「おう、そうかい。またゆっくり来てくんねえ」

李之助はその大柄な背に声をかけた。

思った。

（そうかい。壱郎太らはまだおめえさんとこの木賃宿にいるのだな。儂が悪党の仲間になるどころか、逆の立場に立っていることを話し、殺しの舞台を他に移す算段

をするよう促《うなが》してくれるかい)

同時に、

(すまねえ、こんなことにおめえさんを巻き込んじまってよ)

胸中に詫びた。

丑蔵もまた、

(木戸番さん、すまねえ。木戸番さんを引き合いに出し、あの悪党どもに殺しの場を他に移させるぜ)

胸中に念じ、二本松への帰り道を急いだ。

二

杢之助の思ったとおり、二本松の丑蔵が帰路を急いだのは、壱郎太らに殺しの舞台を変えさせるためだった。

――あそこの海辺には木戸番人の目が光っているぜ。火盗改へ報《しら》せる手順も整っていらあ

そう教えてやれば、壱郎太にとっては杢之助から直《じか》に得た感触と異なるが、用心

のため手段も舞台も匆々《そうそう》に変更するかも知れない。

丑蔵の場合、それだけでコトはすまない。悪事を決行するまえに、壱郎太どもを木賃宿から叩き出しておかねばならない。火盗改の詮議《せんぎ》を受けたとき、賊どもが二本松の木賃宿にねぐらを置いていたとなれば、その仲間にされかねない。ただの泊まり客だと申し開きをしても、与力や同心たちから相当痛めつけられるだろう。火盗改の〝牢問《ろうとい》〟という名の拷問《ごうもん》は、

――町方とは違う
と、恐れられているのだ。場合によっては、盗賊を泊めた木賃宿のあるじとあって、仲間どころか下手《へた》をすれば元締《もとじめ》にされてしまいかねない。

それがいま、丑蔵の脳裡に渦巻《うずま》いている。立場は杢之助より深刻と言えようか。

その事態に丑蔵を、杢之助は持ち込んだのだ。

『木戸番さん。あんたも人が悪いぜ』

丑蔵の愚痴《ぐち》っているのが、杢之助には聞こえるようだった。

決して嵌《は》めたのではない。逆に、

(丑蔵どんを、助けることにならあ)

杢之助は本気で思っている。

二人とも、壱郎太たちに悪事をやめさせる意思はない。

いままさに悪の道を走っている者に、その行為を慥《しか》とやめさせるには、秘かな手段を講じてできなくさせる以外にない。すなわち、当人をこの世から消すことだ。それを遠慮するなら、さらに策を弄《ろう》してそやつの動きを封じ込めるかだ。だがその場合は、当人の矛先《ほこさき》が自分たちに向かってくるか、あるいは他所で悪事に及ぶことになるかである。幾人もの悪党に接してきた杢之助や丑蔵は、そのことをよく知っている。

丑蔵にとって壱郎太との係り合いは、まったく降って湧いた災難と言うほかはない。ともかく丑蔵にとって大事なのは、早急《さっきゅう》に壱郎太一味との係り合いを断つことだ。そこにいま、丑蔵は奔走していることになる。

急いだ。二本松を出るとき、壱郎太たちはまだ木賃宿にいた。

一家の玄関口に近づくなり、

「浜甲《はまこう》、おるか」

「へいっ、親方」

打てば響くような返事だ。賭場のある木賃宿の出入り口は、この浜甲が仕切っている。本名は〝甲之助《こうのすけ》〟といったが、二本松では当初、浜育ちで〝浜の甲之助〟と呼ばれ、それがいつからか〝浜甲〟になった。親方の丑蔵がそう呼んだのがきっかけだった。当人もその呼び名を気に入っている。芯は強そうだが柔和《にゅうわ》な感じもする男だ。だから二本松一家で〝代貸《だいがし》〟などと呼ぶ者はおらず、親方の丑蔵に倣《なら》って〝浜甲〟さんか、あるいは〝浜の兄イ〟と呼んでいる。

その呼び名は浜甲が船頭の出で、海浜に沿った街道の田町一帯で丁半に親しんでいたことによる。だが賭場《とば》にのめり込むことはなかった。二本松の丑蔵が木賃宿に町衆のため小銭《こぜに》以外は賭《か》けさせない小さな賭場を開帳し、最初の代貸にした〝浪打《なみうち》の仙左《せんざ》〟があまりにもやくざ然としていて雲がくれしたため、

「――二本松《うち》に落ち着かねえか」

と、声をかけたのが浜育ちの甲之助こと浜甲だった。

木賃宿の賭場を任せてみると、丑蔵が目をつけるだけあって、浜甲もこれまでの生活《たつき》への自戒《じかい》もあってか、望みどおりの賭場を運営した。町内の遊び客もかつての博徒《ばくと》に遠慮し、丁半で一攫千金を夢見たり他所の賭場にのめり込む者はいなかった。それが二本松の丑蔵の、こぢんまりしたほんのお遊び程度の賭場を許した目的だったのだ。

新たにそこを任された浜甲は、時には本物のやくざでも退《ひ》くほどの貫禄を見せる、

三十路《みそじ》に近い男だ。そこが〝浜の兄イ〟なのだろう。

丑蔵は名を呼ぶと、あとは玄関口に出て来た浜甲に、

「俺がさっき出かけたとき、客人の壱郎太と三郎太、まだいたはずだが、いまもいるかい」

と、声を低めた。

浜甲はとっさに丑蔵に合わせ、二人にしか聞こえないほどの低声《こごえ》で、

「あの二人、いや、もう一人いやしたが、やはりなにかありやしたかい。さっき親方が出かけなすったすぐあと、二人そろってどっかへ出かけたようで。行き先は聞いちゃおりやせん。二人とも手ぶらでやしたから、今宵《こよい》もまたここへ戻って来ると思いやすが」

「まずい。ちょいと部屋のほうへ」

丑蔵は浜甲を部屋へ入るよううながし、廊下に面したふすまを閉めると畳に座らず、立ったまま低く話し始めた。

「さっき門前町の木戸番小屋に行っていたのだが」

「ああ、あそこの木戸番さんのところ」

と、浜甲はあらためて声を落とした。丑蔵が杢之助に一目《いちもく》置いているように、浜

甲もまた杢之助には、

（あの木戸番、以前は全国を走った飛脚と聞いているが、ほんとにそれだけかい）

と、秘かに感じている。

そうした二人だから、

「壱郎太とやら、一緒にいる若え者《わけもん》も、堅気《かたぎ》でねえことは見りゃあ分かりやすが、やはり裏でなにか……？」

と、話は早かった。

「そうよ。さっきあの木戸番を訪ねたのはそのためよ。ところがどうでえ。さすがは門前町の木戸番さんだ。驚いたぜ」

と、丑蔵は杢之助から得た壱郎太らのたくらみを、興奮を抑えつつ語った。

「そ、そこまで！」

と、これには浜甲も声を上げた。丑蔵の話には、三歳児を含む殺しまで語られていたのだ。

畳の部屋で二人は腰を下ろすのも忘れ、向かい合わせに立ったまま話している。

浜甲は、

「府内での舞台といやあ、田町四丁目の札ノ辻になりやすかい。あそこにゃ本格的な賭場があり、けっこう賑《にぎ》わってまさあ」

以前よく遊んだのか前置きするように言い、

「その札ノ辻に暖簾を張る干物問屋の海道屋、あ、知ってまさあ。そこの旦那、東右衛門さんといって手堅い商いをなさる人で、旦那はむろん店の者が手慰《てなぐさ》みをやってるって聞いたことはありやせん。つまり賭場の貸元《かしもと》から見りゃあ、攻めにくい商家の旦那ってことでさあ。それが、さようですかい、女に弱い……」

「そこを壱郎太め、うまくつけ入ったようだ。なんとも小まわりの利く野郎だぜ」

「それでその舞台が、こっちの車町か門前町の沖合ですかい。その策を弄《ろう》したのが二本松《うち》の泊まり客。こっちは府外でやすから、火盗改が出張って来まさあ。まずいですぜ」

「そうさ、だから木戸番小屋から急ぎ戻って来たのよ。するとやつら、もう出かけやがってるじゃねえか」

「どこへか、確かめておきゃあよかったですね」

「ははは、殺しの仕事に行くやつらが、訊かれて正直に応えるかい。人手さえありゃあ、あとを尾《つ》けるのが一番だが、せめてどの方面に向かったかだけでも分かりゃなあ」

「すいやせん」

「おめえが謝ることたねえ。俺が話すまで、このことを知らなかったのだからなあ。かく言う俺も、さっき木戸番小屋で知ったばかりよ」

「事態はきょうあすに迫っているようじゃありやせんか。ともかく現場をこっちにさせねえ。今宵帰《けえ》って来ても、もう宿には入れねえ、と」

「もちろんだ。そのめえに、舞台を札ノ辻からこっちへ持って来させねえようにできりゃ御《おん》の字だ。おそらくやつらがいま動いているのは、札ノ辻だろう。どうだ、おめえ、あのあたりの賭場でずいぶん鳴らしたんじゃねえのかい。そのころの伝手《つて》を頼って、やつらの動きを探ってみちゃくんねえかい」

「これからすぐにでやすね。で、動きが分かりゃ、あとどのように？」

「そこよ。どうするもこうするもねえ。ともかく殺しの舞台をこっちに持って来させねえことだ。方途は一つ、やつらが仲間にしたがっている木戸番人の目が、実は……と、逆に光っていることを耳に入れてやるのよ」

　その機会を得るためにも、ともかくいまの壱郎太やお炎たちの動きを知らなければならない。

　だからといってただの素人《しろうと》が札ノ辻に入っても、なんの役にも立たないだろう。

そこを浜甲なら、かなりの程度までつかめるかも知れない。壱郎太、次郎太、三郎太の面も知っているのだ。

「ともかくきょうあすのことだ。やってくれ。俺はもう一度あの木戸番小屋の周辺と海岸あたりに目を光らせ、すでにやつらが動いているなら、その前《めえ》に立ちはだかってでも封じ込めてやらあ。あの木戸番も手を貸してくれるはずだ。さあ、話は決まったぜ」

「へいっ」

二人は終始立ったまま話し、そろって部屋を出た。

二人とも嘉助、耕助、蓑助の若い三人衆を、自分の手足に使いたかったが、三人ともけさ早くから出かけ、きょうはどこをまわるか聞いていなかった。

木賃宿の者に訊けば、

「――泉岳寺さんの門前町一帯は終わり、きょうはさらにその向こうに」

と、言っていたそうな。

門前町からさらに向こうとは、

(品川方面への街道筋《けえどうすじ》か)

丑蔵も浜甲も思った。門前町と府内の札ノ辻が中心となるきょうあすの一件には、役に立ちそうにない。

浜甲は丑蔵と一緒に二本松を出るとき、

「あの三人、札ノ辻に連れて行けばけっこう動いてくれると思ったのでやすが」

言っていた。

嘉助ら三人が品川方向に出向いたのは、李之助が街道に面した木戸を開け、部屋に戻ってひと息ついている時分だった。これから見つけて札ノ辻に連れて行くには、時間がかかりすぎる。

三

二本松の丑蔵が配下の者を遣《つか》わすのでなく、直接一日に二度も李之助の木戸番小屋に足を運ぶなど、異常である。それも午前中に二度だ。

二本松を出てから府内の田町に向かう浜甲と別れた丑蔵は、ひとまず海浜に沿った街道に出た。往来人に混じり、浜や沖合に目を配り、ゆっくりと泉岳寺門前町の木戸番小屋に向かった。

なにしろ予想される事態は、目前に迫っているかも知れないのだ。それが当たっておれば、壱郎太らはなんらかの策を講じて舟を沖合に出し、海道屋の本妻のお靖が三歳の靖太と舟遊びをしている舟も近くに揺られ、お炎もいずれかに出て来ているかも知れないのだ。もちろんそれらは、切羽詰まったときの推測にすぎない。だからいろいろなことを考えつくのだ。ところが案外、そうしたときの推測が正鵠《せいこく》を得ていることがよくあるのだ。

沖合に二、三人を乗せた舟が散見できる。舟の客に女も確認できるが、かなり先の波の上とあっては顔までは見分けられない。舟が浜に近づかねば、女の客で三歳くらいの子が一緒かどうかも確認できない。

沖にも浜にも、壱郎太らはむろん、お靖らしい親子もお炎らしい若い女も確認できないまま、丑蔵は門前町の木戸番小屋に近づいた。

杢之助は二本松の丑蔵がふたたび来るのを信じ、待っている。

外に出ていた。

来た。

街道に出ていた杢之助の視界に、往来人に混じって浜のほうに視線をながしながら近づいてくる、丑蔵の大柄な姿が入った。

「おぉう」

杢之助は低く声に出し、手を上げた。もちろん小さな声では、街道の丑蔵に聞こえない。杢之助は緊張している。丑蔵がこうも早く来るとは、

（壱郎太らに動きがあった）

からにほかならないことを直感したのだ。

もちろん丑蔵も、それを杢之助に伝えるために来たのだ。

その丑蔵の視界に手を振る杢之助の姿が入る。

「木戸番さん！」

丑蔵も低く声に出し、目を細め沖合にながしていた視線を杢之助一人に据え、速《はや》足《あし》になった。

日向亭ではすでに縁台を往還に出し、お千佳も外に出ていた。

「あらら、あのお人。二本松の親方さんでは」

と、お千佳は丑蔵が来るのがきょう二度目であることを知らない。一回目のときはまだ縁台を外に出しておらず、屋内にいて丑蔵と会っていないのだ。

「まあ、なんでしょう。急いでいらっしゃるような」

言っているうちに近づき、

『いらっしゃいまし』

と、縁台に迎えようとするより早く、

「おう、来なすったかい。ともかく入《へえ》りねえ」

と、李之助が声とともに木戸番小屋を手で示したものだから、お千佳は声をかけられなかった。

丑蔵もお千佳が眼中にないようすで、

「おう」

と、木戸番小屋につまさきを向けた。

声をかける間合いも得られなかったお千佳はそのあとすぐ、

「あ、いらっしゃいませ」

大きな声だった。

外に出したばかりの縁台に客がついたのだ。小僧を一人連れた、おっとりとした風格で商家の旦那風だった。初老というにはまだ早いか、働き盛りというには落ち着きがある。

二本松の丑蔵が李之助の手招きで木戸番小屋に入ってすぐだった。

「茶を一杯もらいましょうか」

と、縁台に腰を据えた。

お茶を出しながらお千佳は、

「お客さん、初めてですねえ。お近くのようにお見受けしますが、どちらから」

お千佳は二本松の丑蔵に気を取られ、この旦那風が街道のどちらから来たか明確には見ていなかったが、感じとしては品川のほうからと看《み》て取った。こうした場合のお千佳の感覚に間違いはない。

風格のある旦那は、

「まあ、近くといえば近くですじゃ。ちょいと泉岳寺へお参りにと思いましてな」

と、いずれから来たかは言葉を濁《にご》し、小僧も縁台に座らせ、せんべいを注文した。

小僧の顔から笑みがこぼれる。

(この旦那さまの奉公人さんたち、なんと仕合《しあわ》せな)

お千佳は思ったものだ。

その旦那は向かいの木戸番小屋のほうへ軽く視線をながし、

「さっきおもてで客人を迎えていたお人が、門前町《ここ》の木戸番さんで?」

問いかけてきた。

その問いに、お千佳は気をよくした。どの町でも木戸番人は〝おい、番太〟とか〝やい、番太郎〟などと呼ばれ、町の下《した》っ端《ぱ》のように扱われている。ここ門前町や車町の住人は、杢之助を面倒見のいい爺さんとして接しているが、他所から来た者はやはり〝番太〟に〝番太郎〟だ。

そこをこの旦那は〝木戸番さん〟と〝さん〟付けで呼んだ。

「あら、旦那さま。この町の木戸番さんの評判、ご存じなんですか」

「いや。そうではありませんが、ただ、そんな気がしましてねえ」

と、旦那は若い茶汲み女にも鄭重に返し、

「ほう、この町の木戸番さんは、そんなに評判がいいのですか」

「そりゃあもう。面倒見がいいばかりか、町内の夫婦喧嘩から親子喧嘩、どんな揉め事でも木戸番さんが出れば、たちどころに収まるんですよ、ほんと」

お千佳はますます気をよくして言う。

このとき茶店はまだ朝のうちで、翔右衛門がこの男と顔を合わせることはなかった。

木戸番小屋の中では二本松の丑蔵が杢之助にうながされ、すり切れ畳に腰を据えていた。杢之助も丑蔵と一緒に敷居をまたいだものだから畳に上がらず、丑蔵の横に腰を下ろし、いつにないかたちでの話し合いになった。

きょう来るのが二回目の丑蔵は、一回目のように杢之助に伝えることがあって来たのではなく、もっと切羽詰まった用件で来たのだ。

丑蔵は言う。

「来る途中、街道から沖合と海辺に気を配って来たが、まだこっちには来ていねえようだ」

「誰がでえ」

「おっと、すまねえ。順序立てて話さあ。けさ俺がこっちへ来るとき、壱郎太とその若い衆一人よ、まだ二本松の宿《うち》にいやがったのよ。それがどうでえ。ここから帰《けえ》ると、もういやがらねえ」

「うっ」

杢之助はうめきを洩らした。丑蔵が知らせに来た内容を解したのだ。きょうあしたの事態とみていたのがきょう、まさにいま動いている……。

「木戸番さんも、そう感じるだろう」

「ああ、それで親方さん、街道も海辺も沖合にも気を配りながら来なすった。ところがやつら、見当たらねえ……と」

「そういうことだ」

杢之助と丑蔵は横ならびに腰を据えたかたちのまま、あらためて顔を見合った。

丑蔵は言った。来る途中、視線を周囲にながしていただけでなく、対処の方途も考えていたようだ。

「俺はなあ木戸番さん、余裕さえありゃあ壱郎太にまえもって接触し、この近辺の海辺は門前町の木戸番人の目が光っており、向かいの茶店の日向亭が火盗改とのつなぎ役を担《にな》っておるとかましてなあ、やつらにこの近くでの殺しなんざ端《はな》から断念させるつもりだったのよ」

「そりゃあいい策だぜ、親方さん。したが、やつらすでに動いているかも知れねえとなりゃあ、現場でやめさせる以外《いげえ》にねえなあ。もっとも本妻の母子《おやこ》が舟遊びに出て、そこへ壱郎太どもが似たような舟を駆《か》って来た場合だがな」

「それ以外に考えられるかい。お炎かあるいは店のなかにもお炎に合力《ごうりき》している者がいてよ、旦那の東右衛門をうまく焚《た》きつけて本妻のお靖を舟遊びに出させてよ。もちろんせがれの靖太も一緒ってことにならあ」

きょう朝早くに杢之助と語り合った推測をなぞった。

杢之助はいま丑蔵と顔を見合わせ、きわめて真剣な表情になっている。丑蔵とおなじ思いになっているのだ。

李之助は言った。

「いま目の前で動いているやつらに、周囲に分からねえように動きをやめさせるなんざ、至難の業《わざ》ですぜ。一緒に騒いでやめさせるにゃ簡単だが」

「そりゃあだめだ。なにごともなかったようにやめさせ、今宵やつらを二本松《うち》の宿から締め出す。それができりゃあ、やつらがどこでなにをしようが、まあ目をつむってもいいと思っているのだが」

丑蔵は言うと、下から李之助の表情をのぞきこむ仕草をとった。李之助の反応に気をつかっているのだ。

李之助が当初、壱郎太から話を持ちかけられたとき、海辺のことなら見て見ぬふりをしてもいいようなふりをしたのは、その悪党らがなにをたくらんでいるのか、詳しく探り出すためだった。

悪事の内容は推測だったが、いまはそれらが明らかになったと確信している。だから胸中に〝申しわけねえ〟と思いながらも、木戸番小屋に顔を出した二本松の丑蔵に話を持ちかけたのだ。そのおかげでいまではすっかり李之助と丑蔵は、一つの目標に向かって合力するところとなっている。

「どうする」

丑蔵が杢之助の表情をのぞき込んだまま言ったのへ、杢之助は返した。

「準備はしておこう」

「どのように」

「さっき親方さん、言いましたぜ。向かいの日向亭が火盗改とのつなぎ役になってるってよ」

「そうじゃねえのかい」

「半分はほんとうだ。火盗とのつなぎはともかく、あの旦那は門前町と車町にゃ顔も利きなさる」

話したところへ、

「お二人さん、さっきからなにを深刻そうに話しておいでかな」

言いながら木戸番小屋の敷居をまたいだのは、当の日向亭翔右衛門だった。

杢之助はいつも腰高障子を開け放したまま、来客と話をしている。翔右衛門はおもてに出るなり、珍しく二本松の丑蔵が木戸番小屋に来て、しかも杢之助と横ならびになってなにやら話し込んでいるのが目に入った。そこでなにごとかと思い、声をかけたのだ。

「これは旦那、いいところへお越しで。いま、お伺いしようかと思うておりやしたところで」

杢之助は迎えた。本心だ。

だが、これから翔右衛門に経緯《いきさつ》を詳しく話せば、それだけでけっこうな時間がかかる。それでも話さなければならない。木戸番小屋のすり切れ畳では、大人三人があぐらを組むには窮屈すぎる。

翔右衛門は雰囲気を読んだか三和土に立ったまま、横ならびに座っている杢之助と丑蔵にこちらへと言い、二人は応じた。

場所は、

「はいな。いらっしゃいませ」

と、お千佳が迎え、向かいの日向亭の奥の部屋に移った。

四

やはり本格的な茶店日向亭の奥の部屋は、すり切れ畳のむさ苦しい木戸番小屋と異なり、よく磨《みが》かれた板敷で一人ひとりが座布団を敷き、さわやかな気分で話ができる。日向亭の奥は、そうした造《つく》りなのだ。

木戸番小屋はいま無人になっているが、縁台に出ているお千佳が留守番を兼ねている。

奥の部屋に翔右衛門、丑蔵、杢之助の三人が腰を据えると、開口一番、翔右衛門が話し始めた。

「さっき泉岳寺さんへの参詣客が来て、いずれかの商家の旦那風でねえ。木戸番さんと二本松の親方が一緒に番小屋に入りなさったすぐあとでしたじゃ」

と、杢之助と丑蔵がなにを深刻そうに話していたかを訊くよりも、自分の話したいことをさきに話し始めた。得体の知れない旦那風の男の顔は見ていないが、お千佳との話は断片的だが聞いていた。もちろん、お千佳にも確かめた。

「木戸番さんの背に視線を向け、お千佳にあれがこの町の木戸番さんかと訊きましてな。お千佳には泉岳寺へのお参りに来たと言っていましたが、それは口実で、門前町の木戸番さんが間違いなくいることを確かめに来たようすでしたじゃ。それがみょうに気になりましてな」

「儂の存在を確かめに?」

以前を隠している杢之助には、ドキリとする言葉だ。

杢之助があまりにも真剣な表情になったものだから、

「いや、私の勘ぐりが過ぎたのかも知れません。あまり気にしないでくだされ」

日向亭翔右衛門が言ったのへ、

「いや、そいつぁ気になりやすぜ」

二本松の丑蔵が返した。

「翔右衛門旦那が感じなすったとおり、そやつ、盗賊の仲間かも知れやせんぜ。盗っ人の壱郎太がここへ来たのは、木戸番さんを値踏《ねぶ》みするためだったじゃござんせんかい。仲間の者が現場の近くとなる木戸番さんのようすを、あらためて確かめに来たと見なしても、不思議じゃござんせんでやしょう」

「あっ」

杢之助は低く声を洩らした。過ぎた自分の以前とは関係のない、現在《いま》の話だったのだ。

ともかく因果《いんが》は脇に置き、壱郎太たちを差配《さはい》し使嗾《しそう》する男がいて、こたびのたくらみがもっと大きな獲物を狙ってのものではないかとの疑念は、ずっと杢之助の脳裡から離れていない。いまの丑蔵の言葉で、

（その商家の旦那風こそ、やつらの頭《かしら》ではないのか）

瞬時、脳裡をかすめた。

翔右衛門はそんな李之助の変化に気づかなかったか、

「盗賊の仲間？　なんですか、それは。壱郎太？　誰ですか、その名は」

と、丑蔵の言葉に反応した。

李之助は自分を確かめに来たのかも知れないという人物の存在を念頭に、

「翔右衛門旦那、それなんでさあ。さっきから儂と二本松の親方が話しておりやしたのは。盗賊どもの殺しがいま、ここの沖か浜に迫っておりやしてね」

「えぇえ！　なんですか、それは!!」

翔右衛門は驚きの声を上げ、部屋は一気に緊張に包まれた。

そのなかにようやく李之助は壱郎太たちの一件を話し始めた。もちろん札ノ辻の干物問屋、海道屋の本妻とめかけの話も入っている。

話しながら、李之助は座を日向亭の奥の部屋に移したのを、いくらか残念に思った。木戸番小屋なら話しながら外に視線を配ることができる。日向亭の板敷はまったくの屋内で、落ち着いて話ができるが外に気を配ることができない。

李之助の所在を確かめに来たかも知れない商家の旦那風の男は、いま坂上の泉岳寺に参詣《さんけい》している。ほどなく戻って来るだろう。顔を確かめたかったのだ。それができない。話のなかにその者がふたたび登場することはなく、話題は壱郎太らとお炎の動き一色となっていた。

「札ノ辻の海道屋さん、そんな悪事が進んでいたのですか」

と、日向亭翔右衛門は蒼《あお》ざめるほどに驚いている。

翔右衛門は海道屋と直接のつき合いはないが、存在は知っている。それが驚きを倍加させているようだ。

親子ほどに歳の差がある若いめかけが、こたびの騒ぎの発端《ほったん》となっていることには、

「他人事《ひとごと》ではありませぬ。くわばらくわばら」

翔右衛門は真剣な表情で言った。

それが杢之助と二本松の丑蔵には、おかしいというより微笑《ほほえ》ましかったが、表情には出さず、杢之助が、

「なあに、翔右衛門旦那にその心配はござんせんでやしょう」

翔右衛門の健全な日常を称《たた》えたつもりで言ったのが、解釈はほかにもあったか、

「いやいや。翔右衛門旦那もちょいとその気にさえなれば……」

二本松の丑蔵は言い、言葉を途中で切った。

翔右衛門は、

「あ、うっ」

覚えがあるのかないのか、すぐに、

「事情は分かりましたじゃ。ともかく札ノ辻の海道屋さんは、分別《ふんべつ》のない生活《たつき》を送った報《むく》いを受けなさろうか。したが、その騒ぎがこちらの町で起きたのではたまりません」

脇道にそれかけた話をもとに戻し、

「ともかくこの町の平穏は、守らねばなりません」

と、杢之助と丑蔵に視線を据えた。

「そこです、本題は」

「そう。そうでさあ」

杢之助は返し、丑蔵がつないだ。

木戸番人の杢之助と二本松の丑蔵、それに二つの町の町役を兼ねる日向亭翔右衛門は、動機を微妙に違《たが》えるが、降って湧いた事態を穏やかに収めたいとの目的は一つであり、あとの話がまとまるのは早かった。

はたして門前町と車町の沖合と海辺の広い範囲が舞台とあっては、日向亭翔右衛門の存在は必要不可欠だった。棚ぼたの小判騒動のとき、最終的には門竹庵細兵衛の存在が必要だったのと似ている。

いま三人の思惑は一つだが、懸念はあった。殺しの現場が杢之助の予測では、近くの波の上になることが濃厚だという点だ。

それを見極めるには、けさから現在《いま》のこの時分に至るまでの、さらにこれから午《ひる》過《す》ぎにかけての、係り合う周辺すべての動きを、丹念に追いかける以外にない。

話を終え、外に出た杢之助は大きく伸びをした。縁台の横にいたお千佳に、けさがた杢之助の存在をうかがうような問いを入れ、泉岳寺へ向かったという商家の旦那風の人物が、まだ参詣中かすでに帰ったかを訊いた。

「ああ、あのやさしそうな旦那さまですね。さっき小僧さんを連れお帰りになりました。でも、変です」

「ほう、なにが」

杢之助はその人物への関心を強め、縁台の脇でお千佳と立ち話になった。

お千佳は盆を小脇にしたまま言う。

「おいでになったときは見ていなかったのですが、縁台に腰を据えられたようすなどから、品川のほうからのお客さまと思ったのですが……」

その客が来たのは杢之助が二本松の丑蔵を出迎え、一緒に木戸番小屋に入ったときで、お千佳はそのほうに気を取られ、客の来た方向は見ていなかった。だが座った縁台やうしろについていた小僧の立ち位置から、どちらから来たかは気にしていなくても見当はつく。

お千佳はその客は品川方向からとみたのだ。

「そこが変なのです。お参りからお帰りになるとき、品川じゃなく逆方向の高輪大木戸のほうへ向かわれたのです。旦那さまも小僧さんも、それが自然のように」

「ほう、品川方向から来て、高輪大木戸のほうへ帰ったかい」

「初めてのお顔でしたから品川のお人か、逆方向ならご府内のお方かと。まあ、どうでもいいことですけど」

「ふむ」

と、杢之助とお千佳の立ち話はそこまでだった。

木戸番小屋のすり切れ畳に戻ってから杢之助は、

(どうでもいいこと……？)

と、なぜかお千佳の言葉を聞きながすことはできなかった。

自分の所在をわざわざ確かめに来たかも知れない人物なのだ。いま進行している一連の事態に、深く係り合っているかも知れない。お千佳が好印象を持った〝商家の旦那〟である。下《した》っ端《ぱ》であったり軽い係り合いの者ではないだろう。

(せめてひと目でも、面《つら》を拝《おが》んでおきたかったぜ)

杢之助は胸中につぶやいた。翔右衛門もまだ、その者の顔を面と向かって見ていないのだ。

五

この日、朝から周辺の動きはめまぐるしかった。

早くに二本松の木賃宿を出ていた壱郎太と三郎太は、府内の札ノ辻に向かったのではなく、品川に向かっていた。

お千佳のいう〝商家の旦那〟が、杢之助の懸念したとおり、壱郎太たち悪党に係り合っている男なら、両者は品川のいずれかで落ち合い、旦那風の男はそのあと泉岳寺門前町の木戸番小屋に杢之助の所在を確認に来て、それから江戸府内へ帰ったことにならないか。

悪党の壱郎太は木戸番小屋の下見に来たとき、木戸番人の杢之助をこたびのたくらみの仲間になり得る人物と見なしているのだ。旦那風の男が一味の差配役なら、現場で仲間となる木戸番人の所在を確認しておくのも、また一理あることではないか。

壱郎太と三郎太がけさ、府内の札ノ辻ではなく品川に向かったのなら、二本松の丑蔵に頼まれ壱郎太らを追うように府内へ向かった浜甲は、そのあとどうしたか。博奕《ばくち》好きで丑蔵に見込まれ、二本松一家で町の賭場を任されている男だ。壱郎太たちを見つけられなかったからと、おめおめと帰って来たりはしない。

浜甲は博奕を打っていたころ、府内の東海道筋で札ノ辻あたりから増上寺門前一帯の賭場を稼《かせ》ぎの場としていた。いまもなお一帯の無頼筋《ぶらいすじ》に知《し》り人《びと》は多い。悪党の探索をするのに、それらの存在は重宝だ。だから二本松の丑蔵は、浜甲を札ノ辻に遣《や》ったのだ。

事態の切羽詰まっているらしいことは、浜甲も親方の丑蔵から聞かされている。二本松一家にわらじを脱ぐ者として、やはり役人に接触するのを嫌い、ねぐらに踏み込まれるのを恐れている。現在《いま》もそこで賭場を開いているのだ。

壱郎太らの動きがきようあすとなれば、その兆候はいかに隠してもいずれかにあらわれているはずだ。役人や町衆には見えなくとも、蛇《じゃ》の道は蛇《へび》である。関わっていなくとも、気づいている者はいるはずだ。

浜甲は札ノ辻に入ると、悪党の壱郎太に次郎太、三郎太の影を直接找《さが》すより、かつての仲間や賭場の貸元たちを訪ねた。

「おぉう、これは二本松の。久しいじゃねえか」

と、歓迎された。

なかには、

「大木戸の向こうでちまちました遊び場を預かっているって聞くが、それで満足かい。またこっちへ戻って来ねえか」

などと言う者もいた。

「いや、そんなんじゃござんせん」

と、断りを入れ、本題の問いを披露した。

幾人目かで壱郎太ら一、二、三のふざけた名を名乗っている盗っ人一味に行き当たった。空き巣のコソ泥から居直り強盗の殺しまでやるやつららしい。

それがいま、干物問屋の海道屋の旦那が女にだらしなく、そこにつけ込んでなにやら画策していることまで聞き込んだ。いずれも当事者でないから内容はおぼろげだが、ほぼ親方の丑蔵から聞いた話のとおりだった。

やはり最後の動きは、きょうかあすかのようだ。

浜甲がよく出入りしていた賭場の常連で、小舟漕ぎの漁師がいた。その漁師が海道屋に出入りしているということで、貸元から引き合わされた。以前、幾度か賭場で会ったことがあり、すんなりと海道屋にまつわる話を聞くことができた。

「俺じゃねえんだが……」

と、漁師は前置きして言った。

「あそこの本妻さん、優雅なもんだぜ。なにやら若いおめかけが奥向きにちょっかいを出し、お家が揉めているってえのに、ゆらゆらと札ノ辻から泉岳寺まで舟遊びで、四十七士参《めえ》りだとか」

「いつでえ」

「きょうで」

(げえっ)

浜甲は胸中に声を上げた。

浜甲は時間まで詳しく聞きたかったがひかえた。聞き出そうとするとそれが先方に伝わり、訝《いぶか》られて予定が変更されないとも限らない。

「ありがとうよ」

浜甲は礼を言ってさりげなく話を切り上げ、

来た道に急ぎ足を踏んだ。

聞き出した内容の重大さは、浜甲にも分かる。

往来の人がふり返るほどの急ぎようだ。

陽が中天をいくらか過ぎていた。

浜甲と丑蔵は、至急の報《しら》せのときの打ち合わせはしていなかった。すぐさまとって返すとだけ話し合っており、どこで落ち合うかも決めていない。決めようがなく、いますべてが流動的なのだ。

息せき切って浜甲は二本松一家に駈け込んだ。

丑蔵はいない。

行き先は見当がつく。

門前町の木戸番小屋だ。

急いだ。

杢之助だけで、丑蔵はいなかった。

浜甲が三和土に立つなり、

「おぉう、代貸さん。戻りなすったか。親方さんはいまお向かいにいなさる。さあ、儂もすぐ行くから」

李之助がすり切れ畳から腰を上げ、向かいの日向亭を手で示した。

「えっ、さようで」

と、浜甲は日向亭の暖簾に駈け込み、李之助もあとにつづいた。

事態が動き出したからには、李之助の木戸番小屋をつなぎの場にするのが最も機能的で至便だろう。

だが、このあとどう展開するか分からない。木戸番小屋へ慌ただしく人が出入りし、町役や二本松一家の者がそこに詰めていたなら、住人はなにごとかと不安を覚え、ながれ大工の仙蔵も驚き、状況を知ろうと仲間の密偵に応援を求め、周辺に張り込むかも知れない。すべてを人知れず収めたい木戸番小屋が、率先して騒ぎの中心を演じることになってしまう。

当事者の壱郎太らも町の騒ぎに気づき、たくらみをどう変更するか分からない。浜甲がせっかく聞き込み、相手方に警戒心を抱かせず戻って来たのだ。

浜甲が日向亭の暖簾をくぐると、一番奥の部屋に丑蔵と翔右衛門がいた。手前の部屋は空き部屋としてとっている。

「これは？」

と、浜甲は訝《いぶか》りながら部屋に招じ入れられ、すぐに杢之助もそろった。そのひと部屋がこたびの詰所になっている。杢之助の提案による、日向亭翔右衛門の計《はか》らいだった。手前の部屋を空き部屋にしているのは、料亭や茶屋で秘密めいた談合をするとき、立ち聞きなどされないためによく執《と》られる措置だ。珍しいことではなく、浜甲もそれは心得ている。だから緊張を覚えたのだ。

さっそく、

「田町四丁目の札ノ辻に、注目すべき動きがありやした」

と、極秘の談合は始まった。

いま木戸番小屋はお千佳が縁台を見ながら留守居をしており、いつものことで周囲は平穏そのものだ。

外から見えない日向亭の奥の部屋は、浜甲の語るお靖の舟遊びをかねた泉岳寺参詣の話に、

「やはり……。憶測に、間違《まちげ》えはなかった」

杢之助は短く語り、ホッとしたようなその口調に、座は逆に緊張を増した。お靖の舟遊びとあっては、せがれの靖太も一緒であることに間違いはない。

この場でさらに憶測が加えられた。

「こいつぁお炎が思いやりのあるところを見せかけようと、幾日もめえから東右衛門旦那に本妻さんと舟で泉岳寺参りを勧《すす》めていたのだろうよ」

杢之助の憶測だ。

「海道屋の旦那も一緒にですかい」

浜甲が言ったのへ、翔右衛門が話した。

「お炎が親切面《づら》して、靖太ちゃんもおっ母《か》さんと一緒に舟に揺られれば、大喜びしますよなどと言えば、東右衛門旦那はそれじゃおまえたち母子《おやこ》で行っておいでということになるかも知れませんよ。それに東右衛門さんは、お靖がお炎の勧めで行くとなれば、かえってお炎への遠慮が出ましょう。それが、本妻とおめかけをうまく操《あやつ》っていると思うているお人の、独《ひと》りよがりの早とちりですよ。ぶるる、私にそんな真似はできません。憶測、憶測です。そのあたりをお炎とやらは計算済みで、うまく東右衛門旦那に持ちかけたのかも知れません」

翔右衛門がいくらか慌《あわ》てたように〝私にそんな真似は……。憶測、憶測〟と言った箇所で、誰も嗤《わら》わなかった。むしろ杢之助をはじめ、一同はうなずきを見せた。

それがきょうになったのは、朝からの風もない空模様を見れば理解できる。

ならば、時間は……。

木戸番小屋からでも茶店の日向亭からでも、沖合に目を配っておれば分かる。そのときの対処も、すでに話はできている。杢之助の期待どおり、日向亭翔右衛門が町役としての力と顔の広さを発揮していたのだ。

車町にはその町名のとおり荷運《にはこ》び屋が多く、それは陸《おか》の大八車に限らず、舟で運ぶ業者もいる。翔右衛門はそのなかの、ここならと思う一軒に、イザというときに備え舟を待機させておくよう依頼したのだ。その舟の荷運び屋は翔右衛門から事情を聞かされ、

「――なんなら二、三艘《そう》、準備しておきやしょうかい。もちろんどちらにも腕のいい船頭をつけまさあ」

と、言ったという。

日向亭翔右衛門の、日ごろからの人徳の賜物《たまもの》である。

六

ここまでは憶測どおりにコトが進み、対応もできている。憶測がすべて現実となったのだ。

その動きのなかに、仕掛け人の壱郎太らはどこでなにをしていたか。けさ二本松一家の木賃宿を出てからの足取りが判《わか》らない。浜甲もその足跡をつかんでいない。札ノ辻で大きな収穫はあったが、次郎太やお炎の居場所は確認していない。防ぐ側にとって、気になるところだ。だが、およその見当はつく。別の舟を駆り、門前町沖でお靖と靖太を乗せた舟をひっくり返す算段だろう。

その推測に杢之助も翔右衛門も、丑蔵も浜甲も異論はない。ないどころか、それがこの座の四人の、一致した見方なのだ。

「ならば、その舟はどこから出る？」

これもまた、四人の一致した疑問である。

杢之助を含め、明確に答えられる者はいない。田町四丁目の札ノ辻の浜で待ち受け、お靖たちを乗せた舟が出るとそれを追うように岸辺を離れる？　そんなことをすればお靖は気づき、舟を札ノ辻の浜に戻してしまうだろう。

「壱郎太どもめ、どこに隠れていやがる」

そのようすを知りたい。

衝突するか、すれ違いざまにひっくり返そうとする舟を見つけ次第、大声を上げて近づき、岸辺からも騒いで周辺に出ている舟の目を引いてお靖たちを助けるのは、できないことではない。

しかし四人のなかでそれを語る者はいない。四人に共通している救出方法は、誰にも気づかれずに壱郎太どものたくらみを阻止し、近辺の浜辺になにごともなかったように、きょう一日を終えることである。そのためにも、壱郎太どもを乗せた舟の待機場所を知らねばならない。


その答えは、思わぬ方向からもたらされた。

陽はすでに西の空にかたむきかけている。

杢之助は、街道に壱郎太に係り合う者たちの動きはないかを見いだすため、木戸番小屋から街道に目を光らせ、ときおり外に出て日向亭の縁台に腰かけ、お千佳と言葉を交わしたりしている。いつもの光景だ。

二本松の丑蔵と浜甲は、日向亭の奥の部屋に待機している。詰所になっているその部屋で、浜甲は丑蔵に言っていた。

「酒は出ねえ、丁半のさいころもねえ。出るのは茶ばかり。町のための仕事って、退屈なもんでやすねえ」

「あははは。この退屈を町場にもたらすのが、俺たちの仕事じゃねえか」

丑蔵は大柄な身をもて余すように言い、盆の上の湯呑みにまた口をつけた。

翔右衛門はときおり詰所の部屋に顔を出すが、日常の仕事に就いている。

丑蔵と浜甲が日向亭に待機していることは、外からは見えない。泉岳寺門前町の街道に面した一角はいま、なにごともない普段の日常に時を移しているのだ。

縁台に座っている杢之助と雑談を交わしているお千佳が、

「あら、帰って来たのね。休んで行きなさいな」

街道に向かって声を投げた。けさ早くに品川方向へ仕事に出た、嘉助、耕助、蓑助の、二本松一家をねぐらにしている若手三人衆だ。三人の背負った大きな竹籠《たけかご》には、すでに乾燥している馬や牛の落とし物がかなり入っている。

嘉助が近づきながら、

「きょうは街道を中心に、品川宿の手前まで仕事をさせてもらったい」

「あしたは逆方向の大木戸のほうだい」

耕助がつなぎ、

「大木戸の内側まで入《へえ》るかも知れねえ」

二人の言葉を受けるように蓑助も言う。

在所は東海道の小田原の向こうで、村で喰いつめて一緒に江戸へながれて来たというが、十七歳の嘉助を兄貴分によくまとまっている。いまもそうだったが誰かと話すときも、示し合わせたわけでもなかろうに、嘉助から歳の順に話していく。一番下の蓑助が十五歳でお千佳と同《おな》い年だ。

「さあ、背中のお籠を番小屋の脇に置かせてもらって」

お千佳が三人に言い、茶店の縁台を手で示した。三人に対するいつもの所作だ。

「おう。そうしねえ、そうしねえ」

外に出ていた李之助も言う。

三人もまたいつものように、背の竹籠を木戸番小屋の脇に置き、お千佳に勧められ茶店の縁台に陣取る。もちろん三人衆から茶代を取ったりはしない。これも翔右衛門の、町の清掃を生業《なりわい》にしている三人衆へのはからいである。

「おうおう、きょうは品川方面で、あしたは大木戸のほうかい」

と、李之助は縁台に座ったまま迎える。

期待しているのだ。街道や沖合に気を配っていたとはいえ、見落としがあるかも知れない。とくに沖合の舟など李之助の目には小さくて、人が乗っているかどうかさえ定《さだ》かには見分けられない。

李之助はお千佳に軽く目くばせし、お千佳は小さくうなずいた。いま奥の部屋に

二本松の丑蔵と浜甲が来ていることは、

「とりあえず内緒に」

と、話しているのだ。この異常を若い三人衆に話すと、興味を持っていろいろ訊き、それだけで騒ぎになりかねない。杢之助の発想だったが、屋内の丑蔵と浜甲はそれを了承し、三人衆が来た場合の対応はすべて杢之助に任せていた。

杢之助は三人が戻って来たときから、

(おっ、なにか話してえことがあるようだな)

と、その雰囲気を感じ取っていた。

お千佳の出したお茶を三人がすするのを待って、

「品川宿の手前までたあ、町場には入《へえ》らなかったようだなあ」

「さようで。だからずっと片側が海辺で、一日中潮風に吹かれっぱなしでさあ」

嘉助が応え、

「町場に入る手前の海辺に、杭《くい》を幾本か打っただけの舟寄せ場がござんしょう」

「ああ、あるなあ」

桟橋はなく舟を舫《もや》う杭だけの舟寄せ場だが、少量の船荷の積み降ろしをし、人の乗り降りもたまにはあるようだ。

（そこで三人はなにを見た）

杢之助は期待を持ち、

「そこがどうかしたかい」

さきを急《せ》かさず、さりげなく質《ただ》した。あくまで日常の一場面として語らせ、それが事件につながった場合、三人が係り合いになるのを防ぐためである。

嘉助は応えた。

「見たんでさあ、二本松《うち》の木賃宿の泊まり客が舟に乗るのを」

（えぇっ）

杢之助は胸中に声を上げた。二本松の泊まり客とは、壱郎太たちかも知れない。

耕助がつないだ。

「そう。街道から浜の杭までけっこう離れてやすが、ありゃあお客人の壱郎太さんに三郎太さんに違《ちげ》えありやせんでした」

「次郎太さんはいやせんでしたが」

蓑助も言った。

沿岸用の舟は本来漁師が一人で漁に出るためのものであり、船頭一人に男の大人の客が三人も乗ったのでは危険であり、それに小回りが利かなくなり、他の舟にぶ

つけ転覆させるなどの芸当はできなくなる。動きやすくするためには、

(船頭のほか、同乗は二人が限界……)

杢之助は瞬時にそこまで計算した。これまでのように、推測に重ねた推測ではない。嘉助らが見た現実からの判断なのだ。

札ノ辻で浜甲が得た収穫に次ぐ大成果である。ひと呼吸でも早く屋内の翔右衛門旦那、二本松の丑蔵、浜甲に知らせ、策を講じねばならない。

三人衆が見たのは蓑助が言うように、

「あっしらが街道での仕事を切り上げ、帰《けえ》ろうとしたときでやすから、いまさっきでさあ。街道から浜辺まで距離があるうえに、その舟、すぐ沖合のほうへ向かいやしたから、あとはどこへ舳先《へさき》を向けたのやら」

壱郎太どもの、いましがたの動きだ。

「ま、見失ったってことで。どっちにしろあのお人ら、きょうも二本松《うち》の宿《やど》に戻って来やしょう。そのとき、あんな時分に品川の舟寄せ場からどこへ行きやしたって訊くと、どんな顔しやしょうかねえ」

耕助がつないだ。

『舟で品川へ女郎買いに……?』

言おうとしたが、口をつぐんだ。お千佳がいる。遠慮したようだ。

「あははは。おめえら余計な詮索《せんさく》などしねえで、早う二本松に帰《けえ》って湯屋でも行ってきねえ」

杢之助に言われ、

「そう、きょうはゆっくり湯に入《へえ》ろうかい」

嘉助が湯呑みを干し、腰を上げ木戸番小屋横に置いた竹籠をふたたび背負い、

「お茶、いつもありがとうよ」

と、耕助と蓑助もそれにつづいた。

杢之助は縁台に座ったまま見送り、三人の背が角を曲がり見えなくなると、

「木戸番さん」

「ふむ」

お千佳にうながされるかたちになり、急ぎ暖簾の中に消えた。

奥の部屋ではおもての縁台に若い三人衆が来て、杢之助となにやら話していることに気づき、丑蔵と浜甲に翔右衛門までそろい、次の変化がありそうなことに関心を寄せていた。

「浜甲どんにつづく大収穫ですぜ。嘉助に耕助に蓑助が、ようやってくれやした」

言いながら杢之助は廊下からふすまを開け、まず若手三人衆が大きな収穫を上げたがそれの重大さに気づいていないことを告げ、

「壱郎太らの動き、判《わか》りやしたぜ。品川の舟寄せ場から一艘で沖合に漕ぎ出したそうで。それもいましがた」

と、三人衆の話を披露した。杢之助が順序立てて話すのだ。翔右衛門ら聞いている者三人は、まるで自分たちがいま街道に立って品川宿の手前の舟寄せ場に目を凝らしているかのように、事態を的確にとらえることができた。

浜甲が、

「どおりであっしが札ノ辻に入《へえ》ったとき、どこにもやつらの背を捉《とら》えられなかったはずですぜ。いつの間に木戸番小屋の前を通り過ぎ、品川くんだりのケチな舟寄せ場まで行きやがったい」

と、驚きの声を上げ、そこに翔右衛門が、

「さすが悪党の壱郎太。ただのコソ泥じゃなかったようですね」

明瞭な口調で言った。

杢之助は翔右衛門が壱郎太たちの動きを踏まえ、このさきに予測できる事態を脳裡にめぐらせたことを覚《さと》った。すでに杢之助も、おなじことを考えていたのだ。

七

李之助が語り、浜甲が驚きの声を上げ、翔右衛門が壱郎太への感想を述べたあと、座に沈黙がながれた。といっても、ひと呼吸かふた呼吸のあいだである。それが一同にはきわめて長い時間に感じられた。仕掛けの壱郎太らはすでに実行に移り、波間の上に急襲のための舟を駆っているのだ。日向亭の奥の部屋にも木戸番小屋とおなじく、沖の波の音が聞こえてくる。

李之助は、

(旦那、いかに……)

胸中に問い、翔右衛門の表情を見つめた。

これまで座を仕切るのは、漠然とだが李之助だったのが、自然のながれか、この短いあいだに翔右衛門に移った。翔右衛門は木戸番小屋のある泉岳寺門前町と、二本松がねぐらを置く車町の町役を兼ねているのだ。いま詰所の場を提供しているのも、日向亭である。

そればかりではない。間もなく緊迫の舞台になると予想される沖合に、いち早く舟の手配を整えたのも翔右衛門である。これはいかに面倒見のいい杢之助にも、一家を張っている丑蔵にもできない芸当だ。

短かったが長く感じられた沈黙を破ったのは、

「見えてきました、おおよその舞台裏が」

はたして翔右衛門だった。さきほどと同様、明瞭な口調だった。

すかさず浜甲が言った。

「本妻さんが子連れで札ノ辻から舟遊びがてら門前町まで来る。それを品川の舟寄せ場を出た壱郎太らが襲う。舞台装置はそれ以外考えられやせんが、ほかにまだありやすかい」

丑蔵はうなずき、杢之助は返答を待つように、翔右衛門の表情をあらためて見つめた。これまでになかった、珍しい光景だ。

翔右衛門は声を上げた。座の者に対してではない。手を打って番頭を呼んだのだ。

杢之助たちの意表を突く所作だ。

さらに翔右衛門は、

「事態はいよいよ動き出しました。これ以外に方途はありませぬ。ともかく、見ていてください。足りぬところがあれば、そのつどご意見をお願いいたします」

言うと、三人へ順に視線をながした。さすが二つの町の町役を務める日向亭翔右衛門か、毅然《きぜん》としたなかにもへりくだり〝足りぬところがあれば……〟と言っている。二本松の丑蔵も浜甲も、悪い気はしない。李之助に至っては、新たな翔右衛門を見た思いになっていた。

廊下からふすま越しに声が入って来た。

「へい、渡しの五六七屋五六七《ごろしちやごろしち》、参《めえ》りやした」

李之助も丑蔵も浜甲も、その声と名を聞いて、

（ほっ、さすが翔右衛門旦那）

思ったものである。太《ふと》いがよく通る声だ。李之助も丑蔵たちも、その存在を知っている。海で鍛《きた》えたのが、ひと声で分かる。

お抱えの船頭数人と荷舟を三艘ほど持った、沿岸の荷運び屋だ。壱郎太たち一、二、三のように、決してふざけて付けた名ではない。先代を八兵衛《はちべえ》といい、五六七は歴《れき》として親に付けてもらった、八に末永《すえなが》くつながる意味の本名だ。親の荷運び屋を受け継いだとき、屋号もその名に変えたという。

ふすまが開き、そこに立っていたのは、はたして赤銅色《しゃくどういろ》に焼けた三十路《みそじ》を五年ほど過ぎた、五六七屋五六七だった。

（さすが、頼もしい）

杢之助も丑蔵も浜甲も思った。

五六七は立ったまま言った。

「これは、これは。思いがけなくも門前町の木戸番さん、車町の二本松の親方さんに、その代貸さんでやすね」

と、口をきくのは初めてでも、その存在は以前からよく知っていたことを示唆《しさ》する、気の利いた挨拶《あいさつ》だった。

「まあまあ、この顔ぶれで堅苦しいことなど無用でしょう。皆さん、どなたもご町内ですから。さあ、五六七の親方もそこ《ここ》へ」

脇にある座布団を手で示し、座に加わるよううながした。

「へえ」

と、五六七は応じ、それぞれいくらかずつ座布団ごと腰を動かし、板敷の部屋に五人による円陣ができあがった。翔右衛門が仕切っている。

言った。

「さっき話しました、二、三艘ほど用意しておきましょうかと応じてくださったのは、この五六七屋さんです」

五六七はうなずいた。〝しておきましょうか〟ではなく、すでに船頭付きで待機させているようだ。

さらに翔右衛門は言う。

「五六七さん、日向亭《うち》の番頭から現在《いま》のようすはすでにお聞きのことと思いますが、詳しくは木戸番さん、よろしゅうお願いします」

と、説明を杢之助に振った。

「承知しやした」

憶測も含め、こたびの事態に最も詳しいのは杢之助だ。だが、コトはすでに最終段階に入り、かつ動いている。そこへ現場に出て最も活動する役務《えきむ》を引き受けたのが、五六七屋五六七だ。短く、詳しく話さなければならない。

杢之助は言った。

「いま、ご府内は札ノ辻の商家のご新造《しんぞ》とそのお子が、こちらの沖合で殺されようとしておりやす」

「えっ」

日向亭の番頭から聞いていても、木戸番人から言われれば、赤銅色の五六七も緊迫した声を上げざるを得ない。その言葉は、二本松の丑蔵と浜甲をも、緊張のなかに包み込んだ。

杢之助はいままさに進行している状況をかいつまんで語った。

五六七は言った。

「切羽詰まっていることはさっき番頭さんから聞きやしたが、そこまでたあ知りやせんでした。しかも船頭一人にお客、いや悪党二人を乗せた舟が品川の舟寄せ場からすでに沖へ……。へい、防ぐのに二艘、船頭付きで用意してございまさあ。さっそく沖へ」

五六七は腰を上げた。

「待っておくんなせえ！」

と、浜甲が引きとめ、

「あっしも名のとおり、舟の揺れには慣れておりまさあ。二艘のうちどちらかに、あっしを乗せておくんなせえ」

「おっ、それはいい」

言ったのは日向亭翔右衛門だった。

つづけた。

「浜甲さんなら話を最初から聞いておいでで、沖に出てもどの舟が悪党どもで、どれが狙われているご新造の舟か、ひと目で見分けられます」

　そのとおりだ。

　五六七はうなずいて言った。

「もう一艘にゃ、あっしが乗りまさあ。さあ、二本松の代貸さん、ご一緒しやしょう」

　浜甲をうながし、部屋を出ようとする五六七に、

「あ、五六七さん。浜甲さんも」

　翔右衛門は呼びとめ、

「こたびはあくまでも騒いで防ぐのじゃのうて、人知れずそっと収めるのが目的ですから」

　言ったのへ杢之助も大きくうなずいていた。

　三人となった部屋で、二本松の丑蔵は言った。

「さらに推測すりゃあ、お炎とやらは本妻のお靖が三歳のせがれを連れて札ノ辻の舟寄せ場へ向かうのをにんまりと見つめ、その舟が浜から漕ぎ出すのを、次郎太がこれまたにんまりと確認する姿が浮かんできまさあ」

「おそらく」

李之助が返した。丑蔵にしては珍しく推測を語っている。それも自信ありげな表情だ。

「次郎太め、本妻母子《おやこ》の乗った舟が浜を出るのを確認すると、街道をこの近辺まで急ぎ、岸から手を振るなり手拭《てぬぐ》いをかざすなりして、本妻の舟が確かに札ノ辻を出たことを壱郎太どもに報《しら》せ、あとはこの木戸番小屋の近くで成り行きを見物することになりやしょうかねえ」

「恐ろしいことですが、たぶんそうなりましょう」

と、日向亭翔右衛門は丑蔵の推測を肯是《こうぜ》し、李之助もうなずきを入れた。

丑蔵はつづけた。

「俺は次郎太の面《つら》を一度見て知ってまさあ。いまからこのあたりをさりげなくぶらつき、見つけしだい首根っこを押さえつけ二本松に連れ戻り、壱郎太どもの荷を担がせ叩き出しまさあ。これでやつらとの係り合いは終わりってえことにさせてもらいまさあ。そうそう、次郎太め、変装なんざしてやがったらちょいと面倒だ。嘉助らあの三人なら次郎太と口もきいており、頬《ほお》かぶりしてやがっても見落とすことはねえでしょう。町役さん、お願いしまさあ」

翔右衛門は合意のうなずきを返し、こんどは手代を呼び、丑蔵の遣《つか》いとして二本松へ嘉助ら三人衆を呼びにやらせた。

李之助にしては、こたびの揉め事からは域外に置いていたかった三人衆だ。だが丑蔵が言って翔右衛門まで容認したのでは、口のはさみようがない。どうやらこたびは、翔右衛門のいつにない積極性が問題解決の決め手になりそうだ。

翔右衛門は丑蔵に視線を向け、つづけた。

「若い三人が来て木戸番小屋を詰所にしたのでは、街道からも泉岳寺の坂道からも目立ち、人々にいったいなにごとと思われるでしょう。こたびはそっと、目立たぬように片づけねばなりません。この部屋に三人を呼び、さりげなく次郎太とやらを找《さが》すよう差配してくだされ」

李之助は胸中に安堵した。そうなれば李之助は木戸番小屋で見物しているだけの脇役《わきやく》でいられる。ただでさえ嘉助ら三人は、李之助に畏敬の念を持っているのだ。こたびも解決に向けて差配し、

(やはり、あの木戸番さん!?)

などと思われずにすむ。

「コソ泥の次郎太め、すでにこの辺をうろついているかも知れやせん。嘉助ら三人が来るまで、ちょいと街道《けえどう》を見て来まさあ」

二本松の丑蔵は言い、部屋を出た。沖を見ながら街道を品川近くまで行ってみるつもりだろう。

部屋は李之助と翔右衛門の二人となった。木戸番人が日向亭の奥の部屋で翔右衛門と向かい合わせになるのも、これまでほとんどなかったことだ。

翔右衛門は深刻な表情で語った。

「さっき話しましたろう。午前中、まだ早い時刻におもての縁台でお千佳が接待した、穏やかそうな商家の旦那がいたと」

「ああ。儂の所在を確認していたという。それ、ずっと気になっておりやした」

「その人物、お千佳の話じゃ、品川方向から来て泉岳寺参詣は、茶店の縁台に座るだけの口実のようで」

「目的は儂の所在確認？」

「帰ったのは府内のほう」

翔右衛門と李之助の意気は合っている。おなじことを考えているようだ。

李之助が言った。

「その男が儂の所在を確認し、府内のほうへ帰った。住まいは府内でやしょう。田町のあたり、それも札ノ辻の近くかも知れやせん」

「それで札ノ辻からお靖たちの舟が出て、品川の舟寄せ場からは壱郎太どもの舟が出る。殺しの現場は、この門前町の沖合……。うーん、顔を確かめておくべきでしたなあ」

「うーむ。朝早くに儂と木戸番小屋を確認に来たその男が、こたびの殺しの沙汰《さた》人《にん》で、目的はめかけのお炎を海道屋に入れることだけじゃのうて、ほかになにかある……と。そもそもめかけを商家の奥に入れるだけで、人が殺せやすか。それも三歳のお子まで……」

「私もそこに引っかかっていました。人間のやることじゃありませんからねえ。それに……」

「それに？　なにか」

「はい。舟の荷運び屋ですが、木戸番さん。車町《うち》の五六七さんは、そういうことなら、命を懸けてとおっしゃって。しかも手間賃などいらない、と」

「ほう、ほうほう」

　杢之助は感嘆の声を洩らし、日向亭翔右衛門はつづけた。

「故意にぶつけて三歳の子を殺すなど、相当出さねば応じる者はおりますまい。だからただの悪党面の壱郎太じゃなく、金も信用もありそうな商家の旦那が出向き、話をまとめたのでしょう」

「なるほど。その帰り泉岳寺を口実に、門前町《ここ》へ立ち寄った……と」

それが誰だか判《わか》れば、こたびのたくらみの最終目的も分かるかも知れない。

そのような商人は……翔右衛門にも杢之助にも、心当たりがない。

外では二本松の丑蔵が、街道にゆっくりと歩を踏み、次郎太の姿を求めている。

陽はすでに西の空にかたむき、南北から二艘の舟がひと漕ぎふた漕ぎ、泉岳寺門前町の沖合に近づいている。当初杢之助が意図した、壱郎太に舞台を変えさせ、それをながれの大工で火盗改の密偵の仙蔵に押さえさせるなど、すでに考えも及ばないところまで来ているのだ。

いまごろ沖合の波の揺れに、

「わ、浜辺が上がったり下がったり。おもしろーい」

はしゃぐ靖太を、

「これこれ、危ないですよ。じっと乗っていなさい」

お靖がたしなめていた。

危うい策

一

門前町周辺の街道に変わった動きは見られず、木戸番小屋も茶店の日向亭も、いつものながれのなかに、夕刻の近づく時分を迎えようとしている。

翔右衛門と日向亭の奥の部屋で話し込んでいた杢之助は、緊張の表情のまま、

「それじゃ儂《わし》は、番小屋で街道と沖合の動きを見ておきますわい」

と、腰を上げ、

「向こうさんに覚《さと》られぬよう、お願いしますよ。いま町は危《あや》うい淵《ふち》に立たされているのですから」

と、翔右衛門が念を押すように言ったところへ、

「五六七屋のお手代さんがお見えで、お急ぎのようです」

ふすまの向こうからお千佳の声が聞こえた。

「おっ」

と、杢之助が片づけかけた座布団をもとに戻し座りなおしたのと、翔右衛門が、

「入ってもらいなさい」

言ったのが同時だった。

ふすまが開き、五六七屋の手代が入って来たが、翔右衛門も杢之助も怪訝《けげん》な表情になった。

(この緊急時、あるじの五六七さんではなく、なぜお手代さんが?)

その疑念を、翔右衛門と杢之助は同時に覚えたのだ。

答えはすぐ、手代の言葉で判明した。

「いましがたです。車町の舟寄せ場から、舟が二艘出ました。一艘は番頭を船頭に五六七が乗り、もう一艘は熟練の船頭に浜甲さんが乗り合いました」

「えっ、ほんとに?」

浜甲は壱郎太どもの舟を阻《はば》むため、みずから五六七屋の舟に乗るといって日向亭《ここ》を出たのだ。その浜甲が実際乗っても不思議はない。むしろ当然だろう。だがあるじの五六七が〝自分が乗る〟と言ったのは、勢いから出た言葉で乗るのは配下の者で当人は陸《おか》にあって采配を揮《ふる》うと、翔右衛門も杢之助も解釈していた。ところがほ

んとうに乗った。しかも船頭は番頭だという。

（この沖での悪さは許せねえ）

五六七屋の強い意志が感じられる。

それだけではなかった。

「五六七の旦那は警備のため、もう一艘を門前町の海岸に出しました。それであっしが陸にあって、皆さま方への連絡役となっておりやす」

手代は言う。

五六七屋は舟三艘を出した。持ち舟のすべてだ。もちろん五六七屋なら大口の仕事が入ったとき、即座に十艘を超える舟を調達することはできる。それでも現在稼働中の三艘をすべて壱郎太らへの対応に動員するとは、門前町や車町の沖合の平穏を守ることへの決意に、強いものが感じられる。

「さすが五六七屋さんです。私が頼りにしているだけのことはあります。門竹庵の細兵衛旦那をはじめ、双方の町の町役さんたちに声をかけ、感謝の気持ちを考えておきましょう」

「ほっ、翔右衛門旦那！」

翔右衛門の言葉に、杢之助は声を上げた。町役たちで〝感謝の気持ち〟とは、二つの町で五六七屋に手当することだ。ならばこたびの壱郎太どもの門前町への接近阻止は、門前町と車町の二つの町の仕事となる。これまでのように、李之助が秘かに動くのではない。番小屋に座し、あるいは日向亭の縁台に腰かけ、成り行きを見ているだけとなる。住人からは、それが木戸番人の自然の姿と見えるだろう。李之助にとって、これほどありがたいことはない。

だが、その安堵のなかに、

(あの得体の知れねえ、大店《おおだな》の旦那風の男……、気になる。壱郎太どもを退《しりぞ》けて、それでよしとしていいのか)

心配になってきた。ひとたび疑念を覚えれば、それを突きつめねば落ち着かなくなる。いつもの李之助の性分《しょうぶん》が頭をもたげてきた。

町役の翔右衛門はやはり、悪党が町に入るのを騒ぎにせず排除することに力点を置いている。

「よろしゅうお願いしますじゃ」

李之助は翔右衛門と五六七屋の手代に言うと、いかにも木戸番人らしく腰を低くし、あらためて日向亭の奥の部屋を出た。

街道に立ち、沖合のほうへ目をやった。壱郎太どもの舟にお靖たちの舟、それに五六七屋の舟はどこに……。街道からはいずれも点のように見え隠れし、杢之助の目では見分けがつかない。

「さあてと」

一人つぶやき、すり切れ畳の上に戻った。

夏場で日は長いが、太陽はかなり西の空にかたむき、街道を行く人の長くなった影が日暮れの近いことを告げている。

（本妻のおっ母さんと三歳のせがれさん、この分だと帰りは駕籠《かご》になるか。それも風情かのう……）

思っているところへ、

「おう、木戸番さん。戻ってなすったかい」

二本松の丑蔵が言いながら三和土《たたき》に立った。街道や浜辺に悪党一味の次郎太が出て来ていないか見てくるといって日向亭の部屋を出てから、かなりの範囲に歩を踏んだようだ。それだけの時を経ている。

背後に嘉助、耕助、蓑助の若手三人衆が立っていた。

「湯屋に行こうとしたところへ、日向亭のお人が来なすって……」

「親方が呼んでるっていうもんで、急いで来やしたら次郎太さんを探せって……」

「見つけしだい、無理やり二本松に連れ戻すって」

敷居の外から例によって三人が順に話す。

李之助は返した。

「そりゃあ、騒ぎにならねえよう、うまくやりねえ」

「ありがとうよ。手っ取り早くやるためにも、日向亭さんの奥の部屋よりここを詰《つめ》所《しょ》に使わせてもらうぜ」

丑蔵が言ったのへ李之助は、

「いいともよ。儂は次郎太とやらの面《つら》は知らねえし、それにこの歳だ。取《と》っ捕《つか》まえて二本松までって芸当もできねえが、つなぎ役くらいはできらあ」

「頼んまさあ。木戸番さん、ここにいてくれるだけで俺たちゃ助かりまさあ」

嘉助が言い、丑蔵の差配で三人は街道に散った。

李之助は安堵の表情でそれらの背を見送った。丑蔵も三人の若い衆も、いまは李之助を足腰の達者な木戸番人としかみていない。

(そいでいいんだぜ。これからもなあ)

李之助は心中につぶやき、

(さあ。どのあたりで、どう始まる)

視線を沖合にながした。遠くに見える数隻の帆を立てた船影を背景に、いくつかの点が波間に見え隠れしている。そのなかにいま、壱郎太と三郎太を乗せた手漕ぎ舟、お靖母子《おやこ》の乗った似たような舟、それに浜甲たちを乗せた五六七屋の二艘の舟が混じっているはずだ。

(五六七屋さんの二艘にゃ、五六七旦那と浜甲どんが乗っていなさる。二人とも騒ぎにせぬようにとの、翔右衛門旦那の意をよく体《たい》していなさるはず)

杢之助は思い、

(うまくやってくれるはず)

信頼もしている。

だが、なにごともやってみなければ分からないことを、杢之助はこれまでの経験から知っている。とくにこたびは、壱郎太たちを差配している人物が、

(まだ上にいるかも知れない)

〝敵〟の姿が見えない。不安が込み上げてくる。

「うーん」

すり切れ畳の上で、杢之助は声に出してうなった。

二

向かいの日向亭に、茶飲み客の出入り以外、人の動きはない。お千佳が翔右衛門の遣《つか》いで木戸番小屋に駈け込んで来ることもない。

そのはずである。日向亭のひと部屋がこたびの詰所になっていても、いまは海の上が動きの舞台になっているのだ。

翔右衛門も部屋の中で凝《じ》っとしておれなかったか、暖簾から出て来てお千佳に声をかけ、沖合のほうへしばし目を凝《こ》らし、また屋内に戻った。

杢之助は思った。

（やはり翔右衛門旦那だ。町内も街道も海岸も、平穏に時のながれるのを望んでおいでだ）

それは杢之助自身の願いでもある。その思いは、翔右衛門よりも杢之助のほうがはるかに強く、かつ深刻である。

（因果《いんが》よなあ）

ことあるごとに胸中にながれる思いが、いままた走った。

木戸番小屋のすぐ前の街道に、往来人と異なる動きがあった。

先導するように歩く蓑助のうしろに、一人の男が大柄な丑蔵に腕をねじ上げられ引き立てられている。

「次郎太でさあ」

蓑助が言い、

（ほっ、さすが丑蔵の親方）

杢之助は状況を解した。

悪党三人組の一人である次郎太は、大柄な丑蔵に圧倒されるように腕をねじ上げられ、

「うううっ」

上体を前にかたむけ、歩きにくそうにうめいている。

木戸番小屋までの道すがら、長くはなかったろうが人目を惹《ひ》いたはずだ。

さきほど番小屋を連絡場所に、四人があらためて街道に出たとき、嘉助と耕助がひと組になって高輪大木戸のほうへ、親方の丑蔵は蓑助をともなって品川方向に歩を踏んだ。丑蔵が次郎太の腕をねじ上げ、戻って来たのはそのあとすぐだった。次郎太は道中笠をかぶった旅姿を扮《こしら》えていた。街道からなんらかの手段で沖合の壱

郎太たちに、お靖たちの舟が札ノ辻の舟寄せ場を出たことを報《しら》せに向かったのだろう。すでに報せたかも知れない。

その次郎太に蓑助が気づき、

「――よしっ」

と、背後から丑蔵が近づき、いきなり腕をねじ上げたのだ。大柄な丑蔵の不意打ちに、次郎太はなす術《すべ》もなく取り押さえられ、木戸番小屋に引かれたのだ。この程度の動きなら、沖合の舟からは見えないだろう。街道でも、取り押さえた者をその場で痛めつけるのではなく、

「――さあ、木戸番小屋だ」

と、口に出し引き立てる。沿道には丑蔵の顔を知っている者もいる。揉め事には違いないが騒ぎはせず、町役につながる者が街道で不逞《ふてい》な者を取り押さえ、木戸番小屋に引き立てるかたちをとったのだ。

木戸番小屋に入るなり丑蔵は、次郎太を三和土からすり切れ畳の上に突き倒し、蓑助に、

「嘉助と耕助が近くにいるはずだ。探して来い」

「へいっ」

蓑助は入ったばかりの木戸番小屋から飛び出した。途中逃げられぬよう人数をそろえ、二本松に引き立てるためだ。

上体をすり切れ畳にねじ伏せられたかたちになった次郎太は、

「に、二本松のお人！　なんであっしがこんなことにいっ」

「ならなきゃなんねえってかい」

丑蔵はさらに次郎太の腕をねじ上げた。

杢之助は、

『声が外に洩れちゃならねえ。ほどほどに』

言おうとしたが、こたびは場を提供しているだけというようにして言葉を呑み込み、ただ見ていることに徹《てっ》した。

「ううう」

次郎太は顔をすり切れ畳にすりつけている。

「ま、おめえらをお上《かみ》に突き出すのは見逃してやらあ。このあとおめえは二本松に引き返《けえ》し、仲間二人、壱郎太に三郎太だったなあ。そやつらの荷をまとめ、宿から消え失《う》せるのだ」

「な、なんのため。なんでそんなことをっ。痛《いて》っ」

丑蔵は次郎太をねじ伏せた腕に力を入れた。次郎太は成り行きが理解できず、まだすっとぼけようとしている。

お千佳が盆に湯呑みを載せてきた。翔右衛門に言われ、ようすを見に来たのだ。男が一人、丑蔵にねじ伏せられているのを見て驚いたようだ。

杢之助は即座に、翔右衛門が直接駈けつけずお千佳を寄こしたのは、木戸番小屋の騒ぎを大げさにしないための配慮と解した。

なおもすっとぼけようとする次郎太に丑蔵は、

「てめえ、往生際《おうじょうぎわ》が悪いぜ」

と、さらに力を入れ、

「ううっ」

次郎太は苦痛に顔をゆがめる。

「まあっ。いったい、これは！」

お千佳は声を上げ、日向亭に走り戻った。

（まずい。ここに嘉助たち二人が加われば、騒ぎは大きくなる）

杢之助はとっさに判断し、喙《くち》を容《い》れた。

「次郎太どん。壱郎太どんから儂のことは聞いていようよ。儂ら、おめえさんらのたくらみはなにもかもお見通しだぜ」

「えっ。たくらみ？　だから、なんだって俺をこんなことにっ」

次郎太はかなりしぶとい男のようだ。

杢之助はつづけた。

「次郎太よ、おめえらのたくらみはもう失敗《しくじ》っておるのよ」

「だから、なんのことでえ」

「この野郎」

丑蔵がさらに締めつけようとしたのを杢之助は手で制し、

「札ノ辻を出た舟は、こっちの浜に向《む》こうておるのだろうが、わしらの町役たちが護衛の舟を三艘も四艘も出しておるのよ。壱郎太と三郎太の乗った舟がたった一艘で、海道屋のご新造《しんぞ》とそのお子が乗った舟にぶつけてひっくり返《けえ》すなんざ、もうできっこねえんだぜ」

「ゲエッ」

次郎太は声を洩らし、

「な、なんでそれを！」

顔をすり切れ畳にこすりつけたまま、もがくように杢之助に視線を向けた。杢之助はつづけた。

「詳しくは明かせねえが、蛇《じゃ》の道は蛇《へび》と思いねえ。ただ言えることは、おめえさんらのたくらみよ、府内の奉行所や火盗改などにゃ知られていねえってことよ。このあとおめえが壱郎太どもの荷を宿から引き揚げ、姿をくらませりゃ、こたびのことはなかったことになろうよ」

次郎太は、おとなしく聞き入っている。丑蔵も力を抜き、次郎太はようやく顔をすり切れ畳から離した。

杢之助はつづけた。

「このあとすぐだろうよ、こっちの町の舟が壱郎太どもの舟を囲み、騒ぎにならねえよう、そっと追い返《けえ》すはずだ。あとで壱郎太らに、儂の話をしておけ。あそこの木戸番さん、悪党のお味方にゃ向かねえってな」

念を押すように、さらに杢之助は言う。

「こたびの件よ、このまま姿をくらませりゃ、おめえらにゃ骨折り損のくたびれもうけになろうが、親子殺しの科《とが》で三人そろって打ち首になることを思えば、極楽だぜ。それに、こたび標的にされたお靖さんや東右衛門旦那らに、嫌な思いを残させねえためにもなあ」

「ううう」

次郎太は返す言葉もなく、うめくばかりだった。李之助の話を解したようだ。

さらに李之助は言った。

「もっとも、おめえらの上にいる差配人《さはいにん》も、その気になればの話だがな」

「う、上に差配人！　いい、いねえ。そんなの」

その慌てようは、李之助が気にしていた差配人が、

（いる）

ことを示していた。

だが、問い詰めなかった。いまの反応から、否定することが目に見えているからだ。そこを問い詰めれば、せっかくおとなしく身を引く気になっているのが、いかように揺らぐか分からなくなる。これ以上の成果は望まず、

（ここは慎重に）

判断し、ひと息ついた。

（ん？）

腰高障子の外に人影が立っていた。いつから立っていたか気がつかなかった。翔右衛門だった。お千佳の報告でようすを見に来たのだろう。だが、大店《おおだな》のあるじら

しく、悪党と直《じか》に接するのを避けるため、敷居の外で話だけ聞いていたのだろう。

李之助がそのほうへ視線を向けると翔右衛門は、

「木戸番さん、ちょいと」

手招きした。

「へえ」

李之助が下駄をつっかけ、外に立つと翔右衛門は低い声で言った。

「木戸番さんの言うとおりです。そのように収めるよう、私からも五六七さんに話しました。木戸番さんもさように」

町役から木戸番人への差配だ。いまの翔右衛門には、それだけの貫禄があった。

「それに……」

と、翔右衛門の言葉はつづいた。屋内の丑蔵に視線を向け、

「そこにもいる悪党が、お役人の手をわずらわさない限り、二本松のお宿が手入れを受けることはないでしょう。皆さん合力《ごうりき》し、この町の平穏を……」

周囲をはばかるように低声《こごえ》で言った。

さらに翔右衛門は帰ろうとした動きをとめ、低い声のまま、

「そうそう、木戸番さんも気づきなさっているとおり、存在するかも知れないもう

一人の差配人の件、判《わか》れば教えてください。もちろん私も、できる範囲で探ります。気になるのです」

言うとあらためてきびすを返し、向かいの暖簾の中に消えた。

その背を杢之助は、

「旦那」

低く声に出し、見送った。

ひと悶着《もんちゃく》起こしてでも悪をおもてにするか、身勝手ではあっても町の安寧を図《はか》るか、翔右衛門にとっては苦渋の選択だったろう。常にそれに似た事態に遭遇している杢之助には、いまの翔右衛門の胸の内は分かりすぎるほどに解《わか》っていた。翔右衛門は悪を懲《こ》らしめるより、町の静かさを優先しているのだ。

蓑助が探しに行った嘉助と耕助が、

「あの男、見つかったって」

「どう処理しやすので」

と、木戸番小屋に戻って来たのは、翔右衛門が引き揚げてからすぐだった。

若い衆三人はすでに丑蔵から壱郎太たちの、沖合での殺しのたくらみを聞かされているようだ。

「しーっ」

杢之助が口に指をあて、

「おめえらっ、場をわきまえろっ」

丑蔵からも叱責《しっせき》され、

「へ、へえ」

蓑助も含め、三人そろって首をすくめた。

次郎太はもう腕をねじ上げられていないものの、杢之助の言葉で事態を察し観念したか、隅で小さくなっている。

コトここに至っては、役人に突き出されるより言われるままにしたほうが得策だと思ったか、旅姿のままおとなしく四人に前後を固められ、二本松に向かった。丑蔵も旅姿の次郎太を木戸番小屋に引いたときとは異なり、乱暴には扱わなかった。そこから二本松まで短い道中だが、翔右衛門や杢之助の意を汲み、なにごともなかったようによそおうためである。四人で前後を固めても、ものものしいようすになるのは避けた。

道すがら、次郎太は丑蔵に訊いた。

「こちらの町がお出しなすった舟、壱郎太の兄イたちを殺さず、うまく押し返してくれやしょうか」

「こっちの舟は、熟練の船頭に腕っぷしのいいのが乗り合っておる。壱郎太どもがおめえのようにもの分かりのいい男ならうまくいこうが、かたくなに海道屋の本妻と子殺しにこだわりやがったなら、どうなるか分からねえ。舟をひっくり返《けえ》されお陀仏《だぶつ》になるのは、壱郎太どものほうだぜ」

「そ、それはっ」

次郎太は真剣な表情になった。いまでは心底《しんそこ》から壱郎太たちの乗った舟が町の舟に阻《はば》まれ、品川の舟寄せ場に引き返すことを願っている。

だが、波の上の現場は、それこそ水物《みずもの》だ。どう展開するか分からない。

陽は大きくかたむき、明るさのあるなかに動きが取れる刻限は迫っている。

三

二本松では次郎太が丑蔵に監視され、壱郎太と三郎太が泊まっていた痕跡《こんせき》を風呂敷に包み、木賃宿を出たところだった。どこへ行くとは言っていなかった。ただ丑蔵が、

「二度とこの町に来るんじゃねえぞ。来やがったらこんどは素っ首《そくび》ねじ上げ、息の根をとめてやっからな」

と、浴びせたのへ、

「へ、へえ。こんな恐ろしい町、二度と来やせん」

などと返していた。

（念のため）

丑蔵は三人衆の一番若い蓑助に、

「府内に入《へえ》るかどうかだけでよい。見てこい」

命じた。三人一緒だと目立つ。撒《ま》かれたのではない。

蓑助はすぐに帰って来た。蓑助には湯屋に行くような軽い衣装にさせた。

「みょうなんで。大木戸まで行くと、広小路にちょうどよく駕籠が客待ちしておりやして。それを拾いやした。その駕籠舁き、なんと木戸番横の権助駕籠で」

権十と助八だ。

「ほう、権助駕籠に乗って大木戸から府内に入《へえ》ったかい」

「いえ、それが街道を門前町のほうへ引き返《けえ》しやして」

「なんだって！」

丑蔵は驚き、その場でまた蓑助に、

「このこと、すぐ門前町の木戸番さんに知らせてこい」

あらためて命じ、

（野郎、いってえどこへ⁉）

首をひねった。


波の上である。

始まっていた。

岸辺からは点のようにしか見えなかった舟も、

「あ、あれ。女の人が乗っている！」

そこまで見分けられるほどに近づいていた。

言ったのはお千佳で、横に杢之助が立ち、手をかざしている。

二人はいま街道から数歩、草のまばらに生える砂場に踏み込み、波音に包まれている。お千佳も一緒なのは、

「――縁台はいいから、木戸番さんの目になってやりなされ」

との翔右衛門のはからいからだった。

舟のかたちと櫓《ろ》を漕いでいる者、客のように乗り合っている者の区別は、李之助の目に見分けられても、それが誰であるかまでは分からない。

「女の人、小さな子も一緒。あとは船頭さんが一人」

「ほう、そうか。近くじゃねえが、一緒に見え隠れする数艘の舟、そのほうに乗っている人や漕いでいる者は見えるか」

「うーん。ちょっと待ってください」

お千佳も手をかざし、

「あ、女の人たちの向こうっかわ、三艘ほどですね。ゆらゆら揺れてる。乗り合いは一人か二人……。男の人ばかり」

「その三艘、女の客を乗せた舟を追っているようには見えねえか」

「うーん、どんなふうに係り合っているかまでは……、ちょいと」

と、お千佳もすでにようすを翔右衛門から聞かされ、沖で事件が起きるかも知れないことを解している。だが、それらしい舟と分かっても早とちりすることなく、慎重に見極めようとしている。

(あれはお靖さんたち、その向こうで舟に乗っているのは五六七旦那、もう一艘に乗り合っているのは、浜甲さんかしら)

と、見当はつけても、まだ断定的なことは言わない。十五歳の小娘だが、その落ち着きようが、翔右衛門からも杢之助からも信頼されている。

「舟と舟の係り合いは⁉」

杢之助のほうが緊張している。

お千佳は目を凝らし手をかざしたまま、

「お靖さんとそのお子の舟、うしろの数艘とは関係なく、ゆっくり浜に近づいて来ます」

と、こんどは〝お靖〟の名を口にした。顔は知らなくても同乗している子の小さいことから判断したのだろう。

「背後の舟との係り合いは」

杢之助は再度質《ただ》した。

お千佳は言った。

「係り合い、ないみたいです」

「ない？」

「はい。お靖さんのお舟はまっすぐこっちに向かっているのに、背後の三艘、互いに絡《から》み合っているみたいで、お靖さんたちとのあいだがどんどん離れていきます。

ほかの舟とも関わりなく」

沖合に見える手漕ぎの舟は、李之助とお千佳が注視している三艘だけではない。そのほか幾艘かが海岸近くで釣りをし、あるいは遠くに点のように見えている。それらは注目の三艘とはまったく係り合いなく動いている。お靖たちと壱郎太に五六七たちとのあいだも、そのように見えるというのだ。

「ふむ」

五六七屋の舟は壱郎太の舟の行く手をさえぎろうとし、かなり離れてお靖の舟はそれには気づかず、はしゃぐ靖太をなだめながら泉岳寺門前町の浜に近づいている。李之助はそう解釈した。

さらに李之助は、

「おっ」

声を洩らした。

お靖の舟が近づく岸辺に、船頭一人の手漕ぎの舟が入って来た。

(五六七屋の親方が万が一を思い、出しなすった一艘だな)

これは目の前に見え、李之助にも分かった。

李之助が遠くを見るのをお千佳に頼ったのは、視力の問題だけではない。もう一つ理由があった。李之助とお千佳の立つ場所からさほど遠くない砂場に、おなじようにたたずみ沖合に目を凝らしている旅姿の二人連れがいた。

このあたりの海浜で、旅姿の者が沖合に動く大小の船に見とれ、たたずむ姿は珍しくない。

だが、二人のたたずみ方が気になる。道中差しは帯びていないが、歳のころなら壱郎太と次郎太、三郎太らのなかほどで二十代なかばだろうか。沖合に視線をながしているものの、全体に見とれているのではなく、一つの方向に集中している。その視線の先にあるのは、李之助とお千佳とおなじ、お靖の舟と壱郎太たちの舟のようだ。

(いずれの者か)

見当がつかない。

その二人が、目を離したすきにいずれかへ行ってしまわぬかと、常に気を配っていなければならない。

高輪大木戸で次郎太を乗せた権助駕籠が、日向亭と木戸番小屋の前を、かけ声とともに品川方向に駈けて行ったのはこのときだった。お千佳は沖合に視線も気も集中し、李之助は近くの旅姿二人にも気を配っている。権助駕籠が背後を品川方向へ通り過ぎたのに気づかなかった。それに駕籠の多くは垂《たれ》を下ろしており、外から乗っている者は見えない。

権十と助八もそこを走るとき、日向亭の縁台や木戸番小屋には視線を向けるが、わざわざ海岸の方を注視したりしない。杢之助とお千佳が並んで立っているのに気がつかないまま、その場を通り過ぎて行った。


沖合はまさに、襲おうとする壱郎太たちと阻止しようとする五六七屋の舟二艘がせめぎ合っていた。

阻止する二艘は、なんら騒ぎにならず周囲の舟からも気づかれずコトを収めようとしていたから、壱郎太の舟がお靖の舟に接近するまえから仕掛けていた。お靖とその船頭に気づかれなかったなら、それに越したことはない。

品川の舟寄せ場を出た壱郎太らの舟は、陸《おか》から手拭いを振る次郎太に気づいた。お靖たちを乗せた舟が、間違いなく札ノ辻の舟寄せ場を出たとの合図だ。このあとすぐ次郎太は街道で二本松の丑蔵たちに押さえられ、杢之助の木戸番小屋に引き立てられた。五六七屋が車町の町役の依頼で舟を出し、門前町の木戸番人も味方どころか阻止に加担していることなど、舟に知らせていない。そんな合図までは決めていない。波間の壱郎太たちは当然、櫓を漕いでいる船頭も含め、そうした陸の動きにはまったく気づいていない。

最初の次郎太の合図どおり、札ノ辻の舟寄せ場から来たお靖の舟を見つけ、近づこうとしたところへ、得体の知れない手漕ぎ舟が二艘もじゃま立てするように割り込んで来たのだ。

「なんだ、こいつら」

と、船頭も壱郎太も三郎太も思ったことだろう。海上で揉めるにしても、舟の数が二対一と不利であり、しかも壱郎太たちは船頭一人に二人が乗り合い、動きが鈍《にぶ》い。相手方は二艘とも船頭と乗り合いが一人ずつで船足も速く、小まわりも利きそうだ。実際、そうだった。

双方の距離は徐々に狭《せば》まり、逆にお靖たちの舟は遠ざかる。

品川方向からの船頭が慌てたように言う。

「まずいですぜ。向こうさん、わしらを挟《はさ》み込もうとしてまさあ」

「抜け出ろ。女の乗った、あの舟に追いつけ！」

壱郎太はわめき、船頭は懸命に櫓を漕ぎながら返す。

「無理でさあ。向こうは二艘とも乗り合いは一人で、速いうえに右に左にと動きも巧《たく》みでさあ。いってえ、どこの舟で」

「くそーっ」

壱郎太はうめき、

「ともかく、なんなんでえ、あいつらは！」

言ったのは壱郎太の乗っている舟ばかりでなく、

「向こうの船頭、どこの者だ。もうすこし近づけ」

「へいっ、お任せを」

五六七も言い、船頭は番頭で、余裕のある声で返した。

五六七屋のもう一艘も熟練の船頭で、乗り合っているのは浜甲だ。巧みに壱郎太たちの前面に漕ぎ出た。海岸のお千佳が、お靖たち以外の三艘が、互いに係り合っていると見なしたのはこの動きのときだった。

三艘の間合いが縮まり、双方波に揺られながらも相手の顔が確認できるまでに接近したのもこのときだ。

五六七が舟の上で目を凝《こ》らし言った。

「むむ、むむむっ。あの船頭、知っておるぞ。品川で自前の舟を持った、一人稼《ひとりかせ》ぎの野郎だ。したが、評判がよくねえ。故買《こばい》の品（盗品）でも、金さえ積みゃあ運ぶような奴だ」

　五六七屋の番頭も、櫓を漕ぎながら言った。

「おっ。やっこさん、あっしも知ってまさあ。故買運びの川吉《かわきち》じゃねえですかい。奴なら海での殺しを請け負ったって不思議はござんせんぜ、親方」

　品川に住みついているから川吉で、陰では〝故買運びの〟などという二つ名をつけて呼ばれている。本名は分からない。捨てたのだろう。壱郎太たちの一、二、三とおなじようだ。

　浜甲を乗せている船頭も気づいた。

「奴め、殺しの舟にふさわしい悪徳の一匹《いっぴき》船頭ですぜ！」

「ほう、なるほど。類は友を呼ぶか。壱郎太め、いい船頭の舟に乗りやがったな」

　と、浜甲も状況を察したことを、手を上げて五六七に知らせた。

　壱郎太に悪徳の船頭はどうか。

　やはりおなじように相手方の舟二艘が誰であるかに気づいた。

　まず、立って櫓を漕いでいる船頭だ。

「やつら二艘とも五六七屋の……。乗り込んでいるのは……、ゲエッ」

　親方の五六七とその番頭ではないか。

「もう一艘は知りやせんが……。お客人、こいつはまずいですぜ」

　故買運びの川吉は、五六七が車町の舟の運び屋の親方であることを知っている。五六七の縄張で、女の乗った舟をひっくり返し幼《おさ》な子《ご》もろとも葬《ほうむ》ったりすればどうなる。役人ならず五六七屋の船頭たちに踏み込まれ、身は火盗改に引き渡され、遠島《えんとう》どころか打ち首になることは必至だ。

　故買運びの川吉は、お店《たな》のあるじ風の男から、

「――目立たぬよう、自然にみせかけた方途で……」

　などと持ちかけられ、金も積まれたのだろう。ところが沖合に出てみると、車町の五六七親方の見ている前での悪さになりそうだ。

『話が違う』

　叫びたい気持ちになり、足も震えてきた。

　壱郎太と三郎太も同様だった。

　二人はほとんど同時に、

「えぇえ！　あの舟、乗ってやがるの、浜甲じゃねえか!!」

「二本松の人が、なんでこんなとこに!?」

　仰天の態《てい》で叫び、女の乗る舟をひっくり返すどころでなくなったことを覚《さと》った。

それどころか、

「こっちがひっくり返《けえ》されるうっ」

川吉が悲鳴に近い声を上げた。

悪徳の三人は、五六七親方と浜甲が、自分たちを挟み込むようなかたちになった舟の上から、手を上げて合図を送り合ったのを見た。

（襲って来る合図⁉）

現在《いま》の状況から、そう解釈しても不思議はない。

恐怖が走る。

門前町の浜辺近くに、お靖たちの舟を迎えるように、もう一艘出て来たのを悪徳三人の目が捉《とら》えた。

「この場、漕ぎ抜けられるかっ」

壱郎太が叫ぶように言ったのへ川吉がかすれ声で、

「や、や、やってみやしょうっ」

「早うっ」

三郎太はほとんど泣き声になっていた。

四

浜では、

「あらあっ」

お千佳が声を上げ、

「お靖さんたちのお舟、こちらへずんずん近づいて来るのに、離れて絡《から》み合っていた舟、ますます遠くなっていくみたい」

杢之助も確認し、

（うまくいったようだな）

胸中に念じた。

そこへ背後から、

「木戸番さん、こちらでやしたか。番小屋が留守なもんで」

声をかけてきたのは、若い三人衆のうちの蓑助だった。丑蔵に言われて二本松から、悪党の次郎太が大木戸で権助駕籠に乗って品川方面に向かったことを告げに来たのだ。

「えぇえ！　次郎太が。さっきここから二本松へ連れていかれたばかりじゃねえか。品川のどこへ、なにをしに」

お千佳も横で聞き、驚いたようすになっている。

「分かりやせん。丑蔵の親方が、ともかくこのことを木戸番さんに知らせてこいって言うもんで、へえ」

「そうかい。よう知らせてくれた。それじゃいますぐ儂からも丑蔵の親方に言付けを頼まあ。沖で浜甲どんたち、うまくやりなすった、と」

「なにをうまく、で？」

「ともかく知らせてこい」

あとはまた旅姿の二人に気を遣《つか》いながら沖合に視線をながした。

「へ、へいっ」

蓑助は返し、急ぐように二本松に戻った。

杢之助の言葉を蓑助から伝えられた丑蔵は、

「ほう」

と、安堵《あんど》の態《てい》になっていた。

すでに襲うよりも逃げるのが第一になっている。故買運びの川吉が懸命に漕ぐ舟は現場を離れようと、品川方向に向かっている。これこそ翔右衛門や杢之助たちの望んだところだ。浜甲と五六七親方の乗る二艘の舟も向きを変え、車町の舟寄せ場に向かっていた。

壱郎太が品川に向かう舟のなかで、

「ホッ、助かったぜ。追って来ねえ」

言ったのへ三郎太も、

「そのようで」

ようやく落ち着いた口調になった。

故買運びの川吉は、

(どうなってんだ、これは……)

首をかしげながら櫓を漕いでいる。

泉岳寺門前町の沖合に、騒ぎは起きなかった。

首をかしげたのは、川吉だけではなかった。この幕切れに、杢之助は満足を覚えている。だが、これで一件落着ではない。

近くの草地のある砂場に立っていた旅姿の二人が、うなずきを交わし街道に戻った。そのようすは、明らかに申し合わせていたような所作だった。そこに杢之助は、首をかしげたのだ。

海岸を離れた二人が、日向亭の縁台に座ってくれたなら、

（あとでお千佳から、二人がなにを話していたか聞けるのだが）

算段し、

「さあ、お千佳坊。沖のようす、翔右衛門旦那に報告してきねえ。儂も番小屋に戻るぜ」

と、木戸番小屋に向かった。

旅姿の二人も、茶店の日向亭に向かっているようだ。

杢之助は番小屋の敷居をまたぎ、ふり返った。

旅姿の二人は期待に反し、縁台に座ることなく泉岳寺への坂道に入った。街道を行く者が、参詣を思い立ってひょいと山門への坂道に向かうのは、珍しい光景ではない。

杢之助は腰高障子から顔だけ出し、二人の背を追った。二人は急な坂道の往来人に混じって、ゆっくりと歩を踏んでいる。

背後をなにやら気にするようにふり返った。お靖たちの舟が、泉岳寺門前町の舟寄せ場に着いたところだった。

翔右衛門への報告を終えたお千佳が、盆を小脇に歩み寄り、

「お舟で泉岳寺さんにご参詣《さんけい》ですか。風流ですねえ。お茶でもいかがでしょう」

声をかけた。気が利いている。

子供の声だ。

「おっ母ア。せんべい、せんべえ」

「しょうがないわねえ。一枚だけよ。すぐ泉岳寺さんに行きますからね」

「うん」

初めて聞く靖太とお靖の声だ。どこにでもある、微笑《ほほえ》ましい母子《おやこ》のやりとりだ。顔が見たくなった。外に出てお千佳と言葉を交わす分には、なんら不自然にはならないだろう。

入ったばかりの敷居をまた外にまたごうとした杢之助の心ノ臓が、不意に動悸《どうき》を打ち始めた。

(あの二人の旅姿、壱郎太どもの仲間だとしたら)

脳裡を走ったのだ。

（海で失策《しくじ》った際、陸《おか》でとどめを!?）

お靖母子が泉岳寺に行くのは分かっている。しかも陽が西の空に大きくかたむいているこの時分、新たな参詣人はなく、境内《けいだい》は閑散とするばかりで、墓場のほうまでまわれば、人影すらなくなっていよう。

（待ち伏せ！　旅姿二人のふところの膨《ふく》らみよう、匕首《あいくち》!!）

心ノ臓がさらに高鳴る。

海なら溺死《できし》させるだけだが、陸では母と子を直《じか》に刺すことになる。

（あの二人、壱郎太どもより数段残忍な……）

杢之助の脳裡は結論づけ、あらためて敷居をまたごうとし、

「ん？」

動きをとめた。

「あぁら、お帰りなさい」

お千佳の声に、

「おぉう、これは札ノ辻のご新造さんじゃねえですかい」

「ありゃ、お子もご一緒で」

権十と助八の声が聞こえてきたのだ。

（ふむ、帰って来たな）

杢之助は三和土に立ったまま思った。

権助駕籠が悪党一味の次郎太を乗せ、品川方向へ向かったことは蓑助が知らせに来て聞いている。

権十と助八はそれを終え、戻って来たのだろう。

（次郎太をどこまで運んだ）

訊きたい。だが、お靖の前では訊けない。

権助駕籠とお靖のやりとりが始まった。権助駕籠は府内の札ノ辻にもよく行っており、海道屋の新造とはなじみのようだ。お千佳の〝お帰り〟の声に、権助駕籠が泉岳寺門前から来ているのを覚《さと》ったのだろう。

「あら、あなたがた。泉岳寺《ここ》から来ているお駕籠だったんですか。ちょうどようござんした。あたしたち、舟でこの坂上へお参りに来たのですが、帰りは途中で暗くなりそうなので、お駕籠で帰ろうと思っていたのです。この子と一緒に乗せてもらえるかしら」

お靖は細身《ほそみ》で三歳の靖太と一緒に乗っても、男のおとな一人よりまだ軽そうだ。

もうすぐ陽が落ちようかというこの時分、札ノ辻から泉岳寺に戻るなら御《おん》の字だが、

その逆とあっては、

「えっ、これから札ノ辻までですかい」

権十がいくらかためらった。

すかさず杢之助はおもてに出て、

「おうおう、権十どん。聞こえたぜ。せっかく親子で泉岳寺へお参りに来てくだすったお客さんだ。送り届けさせてもらいねえ。儂からも頼まあ。町の印象をよくしてもらうためにもなあ」

相方の助八がうなずいている。

「あら、さっき海岸に出てらしたお人、ここの木戸番さんでしたか」

「へえ。陸地だけじゃのうて、海のようすを見るのも役目でやして。あ、そうそう、儂ゃこれからちょいと泉岳寺さんに用事さ。あとからゆっくり来てくだせえ」

言うと杢之助はその足で、

「きょうはなんだかだと忙しいわい」

と、坂上へ急ぐように向かった。

背後では権十が承知し、待ち合わせの算段を話し始めたようだ。

杢之助はどんなに心ノ臓を高鳴らせていても、ひとたび意を決したなら通常以上の落ち着きを見せる。いまがそうだった。

坂上に歩を踏みながら、

(あの二人、第二段の殺しの駒《こま》に違《ちげ》えねえ。しかも残忍な)

胸中に念じた。

五六七親方と浜甲は、騒ぎにせずお靖らにも気づかれぬほど静かに、壱郎太らのたくらみを封じ込めた。

(儂もそうさせてもらうぜ。やつら泉岳寺を舞台にするたあ罰当《ばちあ》たりな、いよいよ許せねえ)

李之助は足を速め、その一歩一歩に策を練った。二人を第二の刺客《しかく》と断定しても、確かめねばならない。だが、決行はこのあとすぐだ。余裕はない。

(直《じか》に試させてもらうぜ)

と、策はすでに決めた。

いま坂道を上っているのは、李之助と町の住人だけだ。参詣人は下るばかりで、あと上るのがひと組、お靖母子《おやこ》だけだろう。

上り切った。山門前で一礼し、くぐった。

五

　はたして参詣人の姿はすでになかった。広々としている。さきに山門をくぐったはずの旅姿二人の影もない。おそらく裏手の墓場のほうへ向かったのだろう。参詣人は本堂に手を合わせるだけでなく、多くが墓場にもお参りし、線香の数本も手向《たむ》ける。本堂裏手の墓場は、鬱蒼《うっそう》とした竹やぶに囲まれている。

　そこに向かった。この時分、お参りの人影はない。杢之助には、人を襲うのに身を隠す場などすぐに分かる。自分がその気になって選定するのだ。

　墓場への通路を踏み、入ってすぐの茂みに向かい、声に出した。

「さっき海岸で沖を見ていた、旅姿のお二人さん。出て来なせえ」

　気配は感じるが、動きがない。

　ふたたび言った。

「いるのにいねえふりをするたあ、怪しい奴とてめえで言っているようなもんだぜ。なんならお靖さんに、本堂に手を合わせても、墓場にゃ入《へえ》らねえよう言うて来やしょうかい」

隠れている者がお靖母子《おやこ》を狙っているとすれば、ここまで図星《ずぼし》を指されたのでは出ないわけにはいかない。

茂みに動きがあった。これでもう間違いない。旅姿の二人は、お靖母子を狙う第二の殺しの駒だった。

李之助はむしろ、

（この憶測、外れてくれ）

願っていた。

だが、当たってしまった。策は、最後の段階に入った。

（やつらに儂の面《つら》をさらすのも仕方ねえ。ともかく町に騒ぎなど起こさせねえ）

それだけではない。二度とこの町に来させないようにもしなければならない。それがいまは、眼前の目標となっている。靖太はもうせんべいを食べ終えているだろう。やつらの標的は、すぐうしろに来ているのだ。

本堂の前にまでほのかに漂っていた線香の香が、墓場に入るなり一段と強く感じられる。四十七士の墓場に、線香の煙が絶えることはない。

（この香のなかでの殺し、断じて許せねえぜ）

李之助はあらためて意を強くした。

茂みが動き、

「おめえ、さっき海岸にいた年寄りだな」

「門前町の木戸番人だったかい」

二人の旅姿が言いながら、余裕のあるようすで出て来た。

杢之助にとっていまを乗り切るには、まず対手《あいて》を威嚇《いかく》しておくことが必要だった。この舞台に、腰の低い杢之助はいなかった。いるのは、不意打ちの足技で人を斃《たお》せる杢之助だった。

「ああ、そうだ。木戸番人はなあ、誰にも町で面倒を起こさせねえのが仕事よ。だからよ、おめえらにこの町で殺しなどやられちゃ困るのさ」

「なにっ」

一人が手をふところに、一歩前へ踏み出た。

「おっと、ふところの匕首《あいくち》を握ったかい。その手は出さないほうがいいぜ」

「むむっ」

「出したらおめえが終わるときだ」

杢之助は言って腰を落とし、身構えた。

お靖母子が来るまでに決着をつけておかねばならない。

相手を挑発したのだ。

「てめえ、いってえ、なんなんだっ」

もう一人が乗った。瞬時にふところの匕首を抜き出し、踏み出ようとした。

「よしねえっ」

李之助は言うなり左足を軸に右足をくり出した。足首が弧《こ》を描き、

——バシッ
男の左肩を激しく打った。

「うぐっ」

うめきとともに男は数歩横に吹き飛び、竹やぶの草むらに崩れ落ちた。

最初に踏み出た男は、

「ううう っ」

ふところに手を入れたまま、あとずさりをする。

吹き飛んだ男はようやく上体を起こしたが、まだ立ち上がれない。匕首も手離している。

李之助は言った。

「おめえ、吹っ飛んでよかったぜ。もうすこし強く打っていたなら、吹っ飛ぶより、

その場で骨がばらばらになって崩れ落ちてたろうよ。もちろんそのとき、息の根はとまっているがな」

現実味のある言葉だ。ようやく竹笹《たけざさ》のなかに上体を起こした男は、

「ううっ」

声は出しても言葉が出ない。直接受けた突然の足技から、木戸番人がハッタリを
言っているのでないことを、全身に感じ取っているのだ。

最初に一歩踏み出てあとずさりした男は、

「お、お、おめえさん。いってえ、何者！」

呼び名が〝おめえ〟から〝おめえさん〟に変わっている。

このような場面を、嘉助ら三人の若い衆はむろん、町の者には見せられない。さきほど番小屋に来た蓑助はすでに二本松に戻っている。住人は一人も尾《つ》いて来ていない。権十と助八は茶店の縁台で客待ちをし、お千佳も縁台についている。

緊張し怯《おび》えさえ見せる二人に杢之助は、悠然と返した。

「海の上で壱郎太らがすごすごと引き返《けえ》したのは、おめえらも見たろう。それで舞台が泉岳寺《ここ》に移ったのだろうが、それも困るのよ」

「ううう」

「…………」

足技が利いたか、やりとりは李之助の主導で進んでいる。

言った。

「壱郎太どもが二艘の舟に挟まれ、殺されずにすんだのはなぜだか、おめえら気がついてんじゃねえのかい」

「そ、そりゃあ、逃げるのに船足が速かったからだろが」

一歩踏み込んであとずさった男が言った。

李之助は返した。

「おめえの目は節穴《ふしあな》か。ま、細《こま》けえことをここでくり返《けえ》しても始まらねえ。おめえら一部始終を見ていたのだから分かってるはずだぜ。壱郎太どもの舟がよたよた逃げるのを、足の速そうな二艘が追いかけなかったのはなあ、門前町の沖合で殺しなどの騒ぎを起こしたくなかったからよ。その親切で、壱郎太も三郎太も船頭も命拾いをしたのよ。やつらがまた出て来るとなりゃあ、こんどは間違《まちげ》えなく生きては戻れなくならあ」

「うう」

「……」

返答の言葉がない。

李之助はつづけた。

「儂は一介の木戸番人に過ぎねえ。だからよ、町に事件の起こらねえよう体を張ってるのさ。ただ、それだけだ」

「お、俺たちがあの舟のやつらみてえに引き下がりゃ、なにもしねえってか」

「あとを追わねえ……と」

李之助は返した。話しながらも背後が気になる。すでにすぐそこまで、お靖が靖太の手を引いて来ているかも知れないのだ。

「ああ。儂《わし》ゃあ木戸番人だからな。下駄を履き一歩町を出りゃあ、いささか前かがみになった、ただの爺さんさ。だがよ……」

「だが？」

「なんなんでえ」

二人は気になるようだ。

李之助は応えた。

「あの舟に乗っていたお人らよ、見張ってるぜ。つぎにおめえらを近くで見かけたら、即座に死体が二つ、沖に浮かぶことにならあ。見たろう、あのお人らが舟をうまくあやつり壱郎太どもを逃げ帰らせた、鮮《あざ》やかな動きをよ」

背後に、

「お寺はまえにも来たことおぼえているけど、こっちのお墓は初めてだ」

声がした。靖太だ。

杢之助はいくらか早口になり、

「茂みの奥へ」

「へ、へえ」

二人は抗《あらが》うことなく従った。

杢之助も、

「動くとおめえら、おしめえだぜ」

凄《すご》みを利かせ、すぐ近くに身を潜《ひそ》めた。

潜んだ三人は茂みから顔を出したりしない。杢之助はむろん、男二人も気配で人の動きを感じ取ることはできるようだ。

「わっ、ここにもお線香を」

ふたたび靖太の声だ。墓石に一本一本線香を手向《たむ》けていったのでは、それこそ日が暮れてしまう。手前の数カ所に煙をたなびかせただけで、お靖は墓場全体に向か

って手を合わせ、

「さあ、行きますよ。坂の下でお駕籠が待っていますから」

〝お駕籠〟とは、権助駕籠のことだ。

二人組をいましばらくここに押しとどめておくと、駕籠が札ノ辻に着くまでにこやつらに襲われる心配はなくなる。権十と助八が帰って来ると、ようすを訊くこともできる。

二人はただ息を潜め、ふところにも手は入れていなかった。すぐ背後に奇妙な足技を持った、得体の知れない木戸番人が控えているのだ。二人は人殺しの駒であっても、得体の知れない相手はやはり気味が悪い。みょうな真似はできない。

墓場から親子の気配は消えた。

三人は茂みから身を起こした。

「おっと、動くねえ」

杢之助は低い声で言う。三人は潜んでいたときのままの配置で身を起こした。二人組の背後に杢之助が立っている。木戸番人の足技の範囲内であることを、二人は感じ取っている。動きたくとも動けない。

杢之助はその態勢のまま言う。

「おめえら、盗っ人一味の壱郎太どもと、どんな係り合いがある」

「………」

「ううう」

二人にとっていまできる抵抗といえば、木戸番人の問いを無視することだけである。その分には、いきなり足技を見舞われることはあるまい。

「そうかい。応《こた》えられねえかい。まあいい。儂の仕事はおめえらを殺すことじゃねえ。おめえらに何もさせず、町から出て行ってもらうことだけだからなあ。それがこの町の木戸番人の仕事さ」

二人は抵抗ではなく、恐怖で無言をとおしている。

杢之助はつづけた。

「おめえら、誰の差配でこの町へ来たか知らねえが、その者に言っておきねえ。この町にゃ泉岳寺のほかなんもねえ。騒ぎを起こす者が二度来りゃあ分かってるな。きょうはおめえら、海道屋のご新造さんとそのお子を殺しに来たろうが、殺《や》っちゃいねえ。だから生きてこの町を出られるさ。もっとも、このあとみょうな真似をしなかったらだがな。なんなら、いまふり返《けえ》って儂に刃物を向けてみるかい。ここから波の上に浮かぶにゃちと遠いが、まあ、五体満足にゃ帰《けえ》れねえと思いねえ」

「むむむっ」

「うううっ」

二人は確実に杢之助に圧倒されている。

お靖と靖太はもう坂を下り、

『へいっ、待っておりやした』

と、権十と助八に迎えられ、三歳の子が母親の膝に乗り、駕籠尻が地を離れたころか。いま殺しの駒の二人を放しても、走って駕籠を追いかけることもできまい。

「さあ、きょうは生きて帰《けえ》っていいぜ」

「うっ」

「いまっ」

「そうよ、いまだ。そうそう、山門前の坂道は下りるな。下りりゃあおめえたちの面を知ってる者がいようよ。壱郎太らも次郎太も品川のほうへ向かったが、おめえらも品川なら門前町の町場を迂回《うかい》してから街道《けえどう》に出ねえ。府内の札ノ辻なら車町の町場を抜け、高輪大木戸のあたりで街道《へえ》に入りねえ。どっちに行くよ」

「大木戸のほう」

一人が言って、アッと口をつぐんだ。つい木戸番人の口ぐるまに乗せられ、行き先を言ってしまったのだ。

「ふむ、ご府内の札ノ辻のほうかい。あそこはこたび、なにかと縁のあるところになったなあ、あはは。さあ、おめえら、行っていいんだぜ」

杢之助は確認するように返し、手で追い立てる仕草を示した。

二人は逃げるように、墓場の裏手のほうへ竹笹の音を立てた。それはちょうど、海上で壱郎太たちの舟が逃げるように、品川方向へ波を上げたようすに似ていた。

杢之助はその背を見送りながら、

(またやっちまった、殺しはしなかったが。これも因果かい……)

思い、大きくため息をついた。

六

杢之助が坂道を下りたとき、権助駕籠はすでにお靖母子《おやこ》を乗せ、門前町を発《た》っていた。そうなるように、四十七士の墓場で時間稼ぎをしたのだ。

「行く先はご府内の札ノ辻で、大店《おおだな》の海道屋さんだって」

お千佳が言う。縁台の横で立ち話になり、暖簾から翔右衛門も出て来て、

「お靖さんたち親子、なにごともなく坂を下りて来てホッとしたのですが、あの者ら、おとなしく町を出て行きましたか」

安堵と心配の入り混じった表情を杢之助に向けた。海上でのできごとのすぐあとだ。あの旅姿の二人もお靖母子に、

（なにやら仕掛けようとしている）

感じ取っていたようだ。

当然、旅姿二人の動きが気になり、杢之助が坂上から戻って来るまで、心配でならなかったようだ。

杢之助はそれを解し、

「あの二人、得体は知れやせんが、海での五六七さんや浜甲どんに倣《なら》い、ともかく動けねえようにし、お靖さんたちの参詣が終わるのを待って門前町から出て行ってもらいやした」

かたわらで聞いていたお千佳が驚いたように、

「あの怪しげな二人、木戸番さん一人で抑《おさ》え込んだのですか」

「抑え込んだなど、そんな物騒なもんじゃねえ。ただ二人に話しかけ、あの母子のお参りのあいだおとなしゅうしているよう頼み、焼香が終わるのを待って門前町か

ら帰《けえ》ってもらっただけさ」

李之助は言うと視線を翔右衛門に向け、

「やつら、府内の札ノ辻のあたりに帰《けえ》るようなこと言ってやした」

「札ノ辻ですか。やはりなんらかの係り合いがある二人だったのですね」

翔右衛門があらためて解したように言い、お千佳がまた、

「お駕籠の権十さんと助八さん、言ってました。あたしたちの知らない間に門前町《こ こ》を品川のほうへ走ったって。お客はなんと番小屋から丑蔵の親方さんたちに二本松へ引かれて行った次郎太さんとかで……」

「ふむ」

李之助はお千佳の顔を見つめた。権助駕籠に確かめたかったが、つい訊きそびれていた内容だ。

「品川宿の町場に入るところの舟寄せ場で、そこになんと日向亭《うち》の縁台にも来たことがあるらしいお人らと落ち合って、あとは自分たちで品川宿の町場のほうへ入って行ったたって」

「そういうことらしい」

翔右衛門もうなずくように言った。権十と助八が日向亭の縁台で茶を飲みながら

お千佳に話したのを、翔右衛門も一緒に聞いていたのだろう。

　李之助は混乱した。札ノ辻に屯《たむろ》していたはずの盗っ人一味、壱郎太、次郎太、三郎太の三人はまとまって品川方面に消え、その一方、札ノ辻に向かったのは新たに姿を見せた二人組の殺しの駒たちだった。

（いってえどうなってるんでえ。どこのどいつがホントの差配で、狙いはなんなんでえ。若いお炎の立ち位置は、いってえ……）

　それらを考え、李之助の表情はすぐれなかったが、翔右衛門は、

「五六七屋さんや浜甲さんらと同様、さすが木戸番さんです」

　と、満足そうな表情になった。沖合にも町場にも騒ぎを起こさず、平穏のうちに幕引きができたのだ。翔右衛門の望みどおりの結末が実現したことになる。

　お千佳も、

「そう、そんな感じですねえ」

　と、李之助の顔を頼もしそうに見上げた。

　この風景こそ李之助が最も気にし、警戒しているところなのだ。

　とくにこたびは、その場のとっさの判断でやむを得なかったとはいえ、得体の知れない男二人の前で、必殺の足技に近い動きを見せてしまった。せめてものさいわ

いは、それが町の住人の前ではなかったことだ。

見せたのがその筋の者なら、秘かに警戒され注目されても、町にうわさとしてながれる可能性は低い。だが、他人《ひと》の前で演じてしまったことに違いはない。

（どうなる……。どうしよう……）

向後《こうご》の生き方にまで係り合う、大きな心配事を杢之助は抱えてしまったのだ。


権十と助八が空駕籠を担いで戻って来たのは、陽がとっくに落ちすっかり暗くなってからだった。

もちろん茶店の日向亭は縁台をかたづけ、雨戸も閉めている。灯りがあるのは、木戸番小屋だけだった。

「きょうは遅《おそ》うまで働かせてもらったから、あしたは存分に朝寝坊させてもらおうかい、なあ兄弟《きょうでぇ》」

言いながら権十がすり切れ畳に腰を据え、

「ほんとほんと。あそこの人、酒手を存分にはずんでくれたからなあ」

満足そうに助八がつなぎ、横に腰を下ろした。

杢之助はすり切れ畳を手で示し、

「湯屋は閉まっちまっているしなあ。きょうはもう長屋に帰《けえ》って寝るだけだろう。まあ、上がってゆっくりしねえ。茶は自分でな。せんべいもよ、ほれ。お千佳坊が用意してくれてるぜ」

いつものようにお千佳が店の雨戸を閉めるまえに、余り物やかたちの崩れたのを皿に盛って用意してきている。

「酒も冷《ひや》だが、すこしはあらあ」

「こいつぁ、ますますありがてえ」

権十が言うと助八も、

「へへ、それも手酌《てじゃく》でやらせてもらいやすぜ」

と、座はすり切れ畳の上に移った。いつものように畳の隅に腰かけた二人が杢之助のほうへ上体をねじるのではなく、三人がすり切れ畳の上でそれぞれ向かい合うようにあぐらを組んだ。

湯呑みにお茶ではなく冷酒がそそがれたなかに、杢之助は言った。

「あの親子よ、舟で泉岳寺さんに来て帰《けえ》りは駕籠たあ、乙《おつ》なもんじゃねえか。きょうは最後にいい客に出会えたなあ」

札ノ辻のようすが知りたい。

「そうよ、海道屋に着くなり、お店《たな》のあるじに女中さんや番頭さんたちが出迎えてよ。まるでご新造さんとお子が店の名代《みょうだい》で、泉岳寺参《めえ》りをしてきたみてえによ」

「そう、駕籠代もお女中頭《じょちゅうがしら》が用意しなすって。それもけっこう色をつけてくれてよ」

権十が言ったのへ助八がつなぐ。

やはりお靖と靖太の泉岳寺参りは、単なる気まぐれではなく、めかけのお炎が言い出したことで、海道屋にとってはいささか緊張を覚える本妻母子《おやこ》の外出となっていたようだ。確かめてみた。

「ほう、ご新造さんとお子が無事に帰《けえ》って来なすって、海道屋のお人ら、ホッとしたようすだったのかい」

「俺たちが札ノ辻に入《へえ》ったとき、陽はもう落ちていたからなあ。しかも出かけたのは舟だ。俺たちの駕籠が海道屋の前《めえ》に停まり、それでお店《たな》のお人らホッとしなすったのかも知れねえ」

「旦那さんなんざ、お子を抱き上げなすってよ。ありゃあ、ちと大げさだぜ」

権十が言ったのへ助八がつないだが、陽が落ちてから帰って来たことへの安堵にしては、助八も言ったようにいささか大げさだ。やはり海道屋ではお靖と靖太の出

かけたあとであろうか、こたびの泉岳寺参りがめかけのお炎の言い出したことらしいとの話が家中に伝わり、

（まさか……）

と、緊張が走り、日暮れてからの帰りにお店一同が安堵の思いで出迎えたのだろう。そうだとすれば、もっと派手に出迎えてもいいくらいだ。知られてはいないが、海上では壱郎太どものたくらみを五六七親方と二本松の浜甲が防ぎ、墓場では杢之助が二人組の仕掛けを潰したのだ。

五六七や浜甲がそれを自慢することはなく、まして杢之助が他人《ひと》に話すなどあり得ない。ともかくおもて向きは、すべてがなにごともなく終わったのだ。

権十も助八も気がつかなかったが、お靖たちを出迎えた海道屋の家人や奉公人のようすを、

（なんともおとなしく、控えめな迎え方よ）

と、杢之助とおなじような思いで見ていた者がいた。

ながれ大工の仙蔵だ。

（いずれも実際にあった危機に、まったく気づいていねえみてえだぜ）

そうも感じたことだろう。

仙蔵は府内の札ノ辻にたむろしていた悪党どもの舞台が、府外の泉岳寺門前の街道周辺に移動したことを嗅ぎつけ、三田寺町の〝捕物好きの旦那〟に願い出て仲間の数を増やしてもらい、札ノ辻から府外の高輪一帯に網を張った。泉岳寺門前町の木戸番人を見張ったのではない。府内の札ノ辻のようすはもとより、府外にくり出した悪党どもの動きを探ったのだ。

仙蔵たちの探りは、隠密行《おんみっこう》だが公的なものだ。権力もあれば機動力もある。その成果には町場の木戸番人など、とうてい及ばないものがある。

海にまでくり出した壱郎太どもや、二人組の殺しの駒たちの動きに仙蔵は、

（あの木戸番さん、おもてむきは悠然と構えていなさったが、本心は気の休まるときがなかったのじゃねえか……）

胸中に念じた。

そのとおりだった。

だが、いまの杢之助の胸中は、

（いってえ、陰《かげ》の差配は……）

そのほうに、気が休まらなくなっている。

舟の荷運び屋、五六七屋のあるじ五六七も、

「収めることは収めたが……」

壱郎太の舟が品川方向へ逃げるのを確認したあと杢之助に声をかけ、疑念のあることを口にしていた。五六七の疑念はおもに、故買運びの川吉がどんな過程でしゃしゃり出て来たのか、壱郎太どもとどう係り合っていたのかだった。

五六七屋も組織力があり、五六七親方の差配で動きも迅速だった。

翔右衛門も言っていた。

「五六七屋さんは海が舞台なら、探索にも火盗改顔負《かおま》けの働きをしなさろう」

杢之助は翔右衛門の言葉に同感だったが、目まぐるしかった一日を終え、更《ふ》けてから火の用心に町内をまわり、

――チョーン
その日最後の拍子木を打ったとき、

（翔右衛門旦那の思いは叶《かな》ったが、疑念はそのまま、奥が見えねえ。今宵もまた、眠れそうにねえ）

思えてきた。

七

実際、眠れなかった。

だが、日の出まえには木戸を開ける、いつもの習慣を違《たが》えたりはしなかった。一回でも違えたなら、

（えっ、この町になにか異変でも……？）

朝の棒手振たちは勘ぐり、近くの町でうわさするかも知れない。

けさ一番に木戸を入って来た納豆売りが言った。

「木戸番さん、どうしなすった。朝から疲れた顔で」

杢之助は返した。

「そうかい。なんでもねえぜ。もう歳だで、あはは」

「ま、無理しねえようにな」

と、他の棒手振たちも得心したようだが、

（いかん、疲れをおもてに出しちゃ）

杢之助は気を引き締めた。

向かいの日向亭が雨戸を開け、縁台を出そうと出て来たお千佳が、

「あらら、木戸番さん。二本松の丑蔵親方と荷運び屋さんの五六七親方が、きのうとおなじお舟で」

驚いたように木戸番小屋に声を入れ、

「えっ、きのうの親方たちが!?」

と、杢之助も声を上げ、おもてに飛び出た。

確かにきのうの五六七屋の舟で、船頭はきのうとおなじ番頭たち熟練の二人で、それぞれに乗っていたのは丑蔵と五六七だった。舟寄せ場に舟をつなぎ、朝の街道に歩を踏んだところだった。二本松と五六七屋の親方二人が肩をならべれば、それだけで街道に重みが増したような貫禄がある。

「こんなに早うから、こんどは親方さんたち二人そろって。いってえ……」

杢之助が首をかしげながら声をかけると、

「きのうの締めくくりだ。翔右衛門旦那に言って、きのうとおなじ部屋をとってくんねえ」

「あそこがこたびの詰所だったからなあ」

丑蔵が言い、五六七がつないだ。

「そう、詰所だった」

李之助は返し、日向亭の玄関口から声を入れた。

すぐに返事があり、日向亭翔右衛門、二本松の丑蔵、五六七屋五六七、それに木戸番人杢之助の四人が、きのうとおなじ部屋に陣取った。

「あらあら、縁台じゃなくってお部屋のほうですか」

お千佳が茶の用意をした。

「朝早うからお二人おそろいで。なにか思わぬ事態でも……」

日向亭の翔右衛門が心配そうに言うと、

「いや、きのうからずっと一緒に動いておりましてな」

「えっ、きのうから？」

五六七が言うと、また杢之助が軽く驚きの声を洩らし、丑蔵と五六七へ交互に視線を向けた。むろん翔右衛門も、おなじ挙措《きょそ》を見せた。

まず荷運び屋の五六七が、

「川吉の舟が品川へ逃げ帰り、あっしらの舟が車町に戻るなり、俺と丑蔵親方でふたたびそれに分乗し、品川に向かいましたのじゃ」

「盗賊の壱郎太どもがこの界隈にちょろちょろしているのが気になってな。それに奴らに大本《おおもと》がいるなら、また出て来るやも知れねえでなあ。ともかくそれを極めようと思うてよ」

二本松の丑蔵がつないだ。

「ほう」

思わず杢之助は声を上げた。杢之助の脳裡を離れなかった疑念を、五六七と丑蔵も感じていたのだ。二人はそれぞれ組織を束《たば》ねる身で、動きも迅速だ。しかもこたびは配下を使嗾《しそう》するのでなく、みずから動いた。

故買運びの川吉はもともと一人働きで、品川の船頭仲間で擁護する者がいなかった。土地《ところ》の船頭たちは川吉を押さえ、五六七と丑蔵の前に突き出した。このとき次郎太も品川に入り壱郎太、三郎太と合流し、

「やつら江戸の盗っ人一味だってことがおもてになり、なるほどそれで川吉と結んだのかなどと、品川のお人らはみょうに納得しやしてなあ」

と、二本松の丑蔵は、品川の船頭たちと接したときのようすを語った。

五六七も話した。

「壱郎太どもは門前町での殺しを失策《しくじ》って品川に逃げ帰ったものの、江戸府内でも役人に追われていることもあって、そのまままもう一人の仲間を入れて品川からも

遁走よ。故買運びの川吉は品川の船頭衆に押さえられ、俺たちの前に引き出されたって寸法さ」

丑蔵と五六七は、品川の船頭衆のまえで、なぜ府内の盗賊どもと組んだのか、川吉を問い糺《ただ》したようだ。

ここぞとばかりに杢之助は問いを入れた。

「品川の故買運びの船頭と府内の盗っ人一味でやすかい。似たもの同士がつるむにしても、きっかけが必要でやしょう。まえから知り合っていたとか、結びつける誰かがいたとか。それは糺しやしたかい」

「さすが木戸番さんだ。いいところへ気がつきなさる」

丑蔵が言い、

「川吉が言うにゃ、差配する者がいて、壱郎太たちともその者をとおして結びついたとか」

「ほう。その者は……？」

杢之助の予想どおり、上に差配する者がいたのだ。

日向亭の翔右衛門もハッとした表情になり、視線を丑蔵に釘づけた。

丑蔵は言った。

「それは俺も聞いて驚きやしたよ。高輪大木戸を府内に入ってすぐの、田町九丁目の干物問屋、高輪屋吾之市《たかなわやごのいち》さ」

「えっ」

翔右衛門は声に出し、荷運び屋の五六七がさらに言う。

「聞いてあっしも驚きやしたよ」

めかけの件で標的にされている海道屋東右衛門が聞けば、さらに驚くだろう。海道屋と高輪屋は干物問屋、おなじ田町の街道筋の同業である。それも高輪大木戸を入れば田町九丁目で江戸府内でも隅のすみで、そこに高輪屋は店を出しているのに対し、海道屋が暖簾を張る札ノ辻は田町四丁目で、繁華な増上寺門前町にもかなり近い。

「干物の高輪屋さん、ご府内ですが、私、よく知っていますよ」

翔右衛門は言う。言ったとき、嫌な話をするように顔をしかめていた。

なるほど知っているはずだ。

杢之助が泉岳寺門前町の木戸番小屋に入るかなりまえ、干物問屋の高輪屋は高輪大木戸の外側、すなわち荷運びの五六七屋とおなじ高輪車町の商家だった。

〝問屋〟と名乗ってはいるが、店の構えは街道の往来人を客筋にした小売屋と変わりはなかった。だが〝高輪屋〟などと、まるで土地《ところ》を代表するような屋号だ。あるじ吾之市の欲望が、それだけ強かった。高輪屋吾之市の名が出たとき、日向亭翔右衛門が一瞬顔をしかめたのは、そのためだった。

「──ともかく江戸府内に暖簾を」

と、高輪屋吾之市が高輪大木戸を入ってすぐの街道沿いに店を移したのは、五年ほどまえのことだという。

このとき杢之助の脳裡には、いささか雰囲気は異なるが、きのう木戸番人の所在を確かめるように番小屋に来た商家のあるじ風の男のことが浮かんでいた。

今年十五歳のお千佳が日向亭へ奉公に上がったのは三年まえ、十二歳のときだったから、顔を知らなかったのは無理もない。お千佳もその人物には〝大店の旦那さまみたい〟との印象を持ったのだった。

その後、高輪屋は鳴かず飛ばずで、〝高輪屋〟の暖簾は維持した。

翔右衛門は言う。

「ときどき会っていましたが、そのたびに店を大きくしたい、こんな江戸の隅ではなく、もっと中央へ出て屋号にふさわしい店にしたいと言っていましたよ。ともかくその意気込みだけは、大したものでしたねえ」

「そうでやしたかい。それで納得できやした。その意欲が商いのほうではなく、札ノ辻の海道屋東右衛門のおめかけのゴタゴタにつけ込んで商いをかたむけさせ、仕事を奪おうとした。そういうところですかい」

二本松の丑蔵が感想を述べ、

「その駒《こま》に使われた壱郎太どもは失敗し、府内でも役人に追われているらしく、品川からさらに西へ逃げたって寸法ですなあ。そうそう。高輪屋さんは欲望のあまり、壱郎太ら与太の類《たぐい》と結び、そこからお炎の存在も知り、これは使えると思ったのでしょうなあ」

「ま、きのうからそれらを確かめに田町から品川まで行き、いまその帰《けえ》りで門前町《こ　こ》の木戸番さんも町役の日向亭さんも詳しい内容を知りたがっていなさろうと、ちょいと立ち寄ったまで。そうそう、故買運びの川吉はけさがた、品川の船頭衆がもう二度と品川に戻って来るなと、町から追い払いやした」

二本松の丑蔵が話した。

荷運び屋の五六七親方も言った。

「本妻の母子《おやこ》を手にかけようなど、行き過ぎた悪事でやすが、まあこれで高輪屋が大木戸のこちら側にまたちょろちょろと係り合うことはなくなりやしょう。悪さに動かせる駒がなくなっちまったんだから」

日向亭翔右衛門は、

「ほんとうに皆さん、ご苦労さんでございました。高輪屋の吾之市さんがこちらへ出てこなくなれば、私はそれでじゅうぶんです」

と、座ったまま五六七屋五六七と二本松の丑蔵に向かって頭《こうべ》を垂《た》れた。

おもての縁台まで出て、海岸の舟寄せ場に戻る二人を見送ってから、杢之助は日向亭翔右衛門に訊いた。

「その高輪屋吾之市さんとやら、どんな風貌のお人で？」

さっきから気になっていたことである。

翔右衛門は応えた。

「風貌ですか。そうですねえ、見るからに大店《おおだな》のあるじ然としており。あ、それで早《はよ》う商《あきな》いも見かけどおりにと、焦《あせ》っていたのでしょうかねえ」

「さようですかい」

杢之助は静かにうなずいた。だが心ノ臓が高鳴った。あの男……、大店のあるじ然としていて、お千佳もそうみたのだ。

それだけではない。

（外面が当人の実相とかけ離れているとき、その差を埋めてえのか、てめえでも分からねえ劣等感と焦りの感情を宿し、それこそ突拍子もねえ動きをしやがることが時にはあるもんだ）

思い、その実例をこれまでいくつか見てきた。そのたびに周囲はあの人が、と驚いていたようだ。

八

ふたたび杢之助は木戸番小屋に一人となり、単調な波音を聞きながら胸中は穏やかではなかった。日向亭翔右衛門は門前町と車町に波風が起《た》たなかったことに安堵し、それでよしとしているが、

（そんなもんじゃねえぜ）

杢之助は思えてくる。壱郎太ども三人組は江戸からも品川からも姿を消した。故買運びの川吉も土地《ところ》から追放となった。

五六七と丑蔵も翔右衛門の発想に近く、ひと安堵しているが、かれらは泉岳寺でお靖母子《おやこ》を襲おうとした刺客二人の件は直接には感じ取っておらず、それらと杢之

助が緊迫の場を演じたことも、一応の予想はしても、それほど深刻だったとは意識していない。李之助も事態を穏やかに収めるため、誰にも話していない。その場で、必殺に近い足技を披露してしまっている。むしろ、隠したいのだ。

だが、もう一人上にいる差配の者が高輪屋吾之市とあっては、

（凄《すご》みに欠けるが、場合によっちゃ思いもかけぬ動きを見せるかも知れねえ男）

李之助はそう踏んだ。こたびの殺しの未遂《みすい》二件も、その一環である。壱郎太らは逃亡したが、二人組はまだいる。田町九丁目の高輪屋の近辺ではなく、壱郎太どもがそうであったように、目立たぬよう繁華な田町四丁目の札ノ辻あたりにねぐらを置いているようだ。

李之助が一人波の音を聞きながら、胸中が逸《はや》るのも無理はない。木戸番人であれば、相手の来るのを待つのみで、自分のほうからは動けない。

（ながれ大工の仙蔵どん、どうしてる）

思った。仙蔵なら大工の道具箱を肩に、この近辺はむろん札ノ辻あたりにも出歩けるのだ。実際、そうしている。

（一日二回でも三回でも来そうなことを言っていたが、きょうはまだ……）

来ていない。

待たれる。来ればなにかみやげ話を持ってこようが、

(儂からも壱郎太どもの遁走《とんずら》、故買運びの川吉の追放、さらに殺しの駒として動きかけた二人組の話でもしてやろうかい。吾之市のことも、捕らえるか監視するかは三田寺町の旦那が判断なさろうかい)

李之助はそこまで思っている。

やはり向後《こうご》の事件を根本から防ぐには、

(儂ひとりの働きでは……)

限界を覚《さと》っているのだ。

「木戸番さん、いなさるかい」

待っていた声だ。それが海からの波音に混じったのは、午《ひる》をいくらか過ぎた時分だった。

「おう、入《へえ》って座んねえ」

李之助は腰を引き、すり切れ畳を手で示した。

いつものように仙蔵は、職人姿で大工の重い道具箱を肩に担いでいる。

「ほっ、なにかおもしれえ話でもありやすのかい」

言いながら道具箱を肩から下ろし、すり切れ畳に腰を据えて李之助のほうへ上体

をねじった。いつもの仕草だ。

李之助は言った。

「おめえさんや三田寺町の捕物好きの旦那が、関心ありなさるかどうかは知らねえが……」

前置きし、

「ご府内からこっちへながれて来た盗っ人の三人組よ、舟を駆って門前町の沖合で悪さをしようとして、町の船頭衆に追い返されたようだぜ」

「ほう、札ノ辻の干物問屋海道屋のおかみさんと幼いせがれを、若いめかけの手の者が殺そうとしたってえ、その話ですかえ」

「そうよ。その話よ」

李之助は返し、仙蔵はつづけた。

「どうやら若いめかけが大それたことを考え……。そうでやしたか。こっちのお人らに阻《はば》まれ失策《しくじ》った、と。そりゃあよかった。で、その三人組は……？」

「品川へ逃げて、そこからまたいずれかへ姿をくらましたってよ。そのとき舟を漕いだ船頭も相当の悪《わる》らしくって、品川のお人らから追放され、どっかへ行っちまったらしい」

「ほおう、初めて聞きやすぜ。うわさにチラと聞いたのでやすが、そのあと殺しの予備みてえのがこっちへ出張《でば》って、ひと騒動起こさなかったかい。ああ、海道屋のご新造さんと幼《おさね》えせがれは、泉岳寺参りとかで無事帰《けえ》って来たってえから、こっちの木戸番さんに訊きゃ、なにか知ってなさろうかと思いやしてね」

「おお、それよ。きのうだ。そんなのがいたぜ。お参りの母子《おやこ》に、それを尾《つ》ける二人組よ。儂《めえ》も気になってなあ、ちょいと尾けさせてもらったさ」

仙蔵は深く座りなおした。

「それが殺しの第二陣？　そう見えねえこともなかったが、人目のある泉岳寺の境内でなにができらあよ。あのご新造さんとお子、ほれ、そこから駕籠に乗り、無事帰《けえ》りなすった」

「ほう、二人組ねえ。木戸番さん、ご新造さんたちをここから無事帰《けえ》すため、ひと肌脱ぎなすったね。ご新造さんたちがこの町に入《へえ》ってから出るまで、凝《じ》っと目を離さなかったとか……。さすがですぜ。その二人組さあ、あっしの仕事仲間、あ、大工のですぜ」

「分かってるって言ってるだろ」

李之助は頬《ほお》をゆるめ、

「へえ」

と、仙蔵はつづけた。

「その仲間の話じゃ、そいつらも町方から追われていて、札ノ辻のねぐらに戻って来るなり捕方に踏み込まれ、どっかへ逃げちまったってよ。まったく町方はまたドジを踏みやがったい。それがきのう暗くなってからのことだっていうから、いまごろはもう江戸の外へ出ているだろうよ」

杢之助は安堵した。足技を知る者が江戸を出て、姿をくらました。役人に追われる身なら、もう江戸には戻って来ないだろう。

「なんだかおめえさん、その話、いやに詳しいじゃねえか。どうしてでえ」

「あっしの仕事仲間、大工《でえく》の……が、本妻とめかけのいざこざがおもしれえって、嗅《か》ぎまわったらしいんでさあ。いい趣味じゃねえが」

「いや、おもしろそうじゃねえか」

「ほっ、木戸番さんもそう思いなさるか。つまりだ、若いめかけは旦那の子を孕《はら》んだとかなんとかいって騒いだらしいが、その妊娠《にんしん》、ほんとかどうか分からねえ。話としては、市井《しせい》のどこにでもころがっているような話で。あっしの仕事仲間が……」

「へえ。さらに探りを入れてみると、その若いめかけや盗っ人の野郎ども、それにみょうな二人組など、差配してたのがほかにいるってえことが分かってなあ。町方はまだつかんじゃいねえようだが」

「ほう、ご府内のお奉行所も頼りねえなあ。で、誰でえ、それは」

高輪屋吾之市であることは、杢之助には分かっている。それをながれ大工の仙蔵に教えてやろうと思っていたのだが、すでに知っているようだ。

(さすが火盗改の隠密)

感心する思いを秘め、〝誰〟と訊いた言葉をみずから引っ込めるように、

「その元締《もとじめ》みてえなの、府内の人かい、こっちの人かい」

「府内だ」

「そんなら儂が知る必要もねえし、知りたくもねえ」

「ほう、さすが木戸番人に徹《てっ》したお人」

ながれ大工の仙蔵は感心したように言う。

このとき実際に、杢之助は町役の日向亭翔右衛門や舟の荷運び屋の五六七、二本松の丑蔵たちと、おなじ心境になっていた。

（この町が穏やかなら、それでいい）

と……。

高輪屋吾之市はいまや〝府内の人〟であり、壱郎太どもや二人組の男どもが町方に追われ江戸を離れたのでは、もはや大それた悪だくみなどおぼつかないだろう。

ながれ大工の仙蔵は言う。

「ま、こたびはひと騒動ありそうだったのが、町のお人らの尽力でなにごともなく収まったようで。札ノ辻と違《ちご》うて、いい町でさあ、こちらは。札ノ辻あたりで仕事をしている大工仲間たちも、事件につながらなきゃ他人の家のめかけなどどうころぼうと、さして興味はねえようで」

「儂もだ。よその町の話だしなあ」

「こたび元締になった商家め、めかけの揉め事をあおり立て、同業の店一軒をつぶして乗っ取ろうとしたようでやすが、ま、そんなことで商いが伸びるわけねえでしょう。町方がその商家に気づきゃあ、御用の手が伸びやしょうかい。いつになるか知りやせんが」

「その日の早《はよ》う来ることを願うぜ」

杢之助は返し、田町九丁目の高輪屋に、将来《さき》のないことを感じ取った。

「また新たな動きがありゃあ来まさあ。そのときゃ木戸番さんも、泉岳寺まで尾《つ》いて行ったみてえなおもしれえ話、あったら聞かせておくんなせえ。あっしの仕事仲間、大工《でえく》のでやすが、町場の揉め事が好きなやつらがけっこういやしてね」

ながれ大工の仙蔵は言うと、すり切れ畳から腰を上げた。

敷居をまたぐその背に杢之助は念じた。

（その関心、儂に向けねえよう、頼むぜ）

身をブルッと震わせた。

数日後のことだ。街道にいい光景があった。指物師《さしものし》の彦市がせがれ市助を連れ、木戸番小屋の前を通りかかったのだ。杢之助が呼びとめて訊くと、二人は札ノ辻へ向かう途中だった。海道屋の奥の部屋の普請《ふしん》が、かたちを変えて再開されることになったらしいのだ。

「ご新造さんの肝煎《きもいり》でね。泉岳寺にお参りしたときに思い立ったのだから、指物は泉岳寺の指物屋にってね」

彦市は言う。そこに若いめかけのお炎の名は出てこなかった。旦那の子を宿したというのは、狂言だったようだ。町からもいなくなったらしい。

日向亭翔右衛門も暖簾から出て来て、目を細めて聞いていた。翔右衛門も坂上の門竹庵細兵衛から、町役のよしみで彦市と女房お勝のあいだに、せがれ市助を巻き込んでの心あたたまるひと悶着があったことを聞いている。杢之助も翔右衛門に、木戸番人として話した。

指物師の道具箱を肩に、街道を高輪大木戸のほうへ向かう彦市と市助父子《おやこ》の背を、日向亭の前から見送りながら翔右衛門が言う。

「札ノ辻の海道屋さん、東右衛門さんとお靖さんでしたか。二人が指物師の彦市とお勝さんのような、互いにかばい合う家庭はつくれないでしょうかねえ」

杢之助は言った。

「期待しやしょう。海道屋の夫婦にわずかでもその気がありゃあ、こたびの揉め事などなかったでやしょうからねえ」

天保九年（一八三八）の葉月《はづき》（八月）もなかばとなり、秋の気配をことさら強く感じる一日だった。

光文社文庫

文庫書下ろし／傑作時代小説
迷《まよ》いの果《は》て　新《しん》・木《き》戸《ど》番《ばん》影《かげ》始《し》末《まつ》(七)
著　者　喜《き》　安《やす》　幸《ゆき》　夫《お》

2023年10月20日　初版1刷発行

発行者　三　宅　貴　久
印　刷　堀　内　印　刷
製　本　ナショナル製本

発行所　株式会社　光　文　社
〒112-8011　東京都文京区音羽1-16-6
電話　(03)5395-8147　編　集　部
8116　書籍販売部
8125　業　務　部

ISBN978-4-334-10082-7　Printed in Japan

組版　萩原印刷

光文社文庫最新刊

蘇れ、吉原　吉原裏同心(40)	佐伯泰英
神君狩り　決定版　夏目影二郎始末旅(十五)	佐伯泰英
闇先案内人　上・下	大沢在昌《ありまさ》
ヒカリ	花村萬月
宝の山	水《みず》生《き》大《ひろ》海《み》
アンソロジー　嘘と約束	アミの会